輝く狼はつがいを寵愛する

髙月まつり

illustration:
こうじま奈月

prism bunko

CONTENTS

輝く狼はつがいを寵愛する

亡くなった伯母のマリは、両親や親族曰く「一族のはみ出し者」だった。

だからこそ、彼女は自分と同じはみ出し者の俺に「自宅」という遺産を相続させたのだろう。

正確には、譲り受けたのは「土地と屋敷と、屋敷の中の物」だが。

付き合いなどしたくないが生前贈与はほしい親族たちは、当初「私たちの方が多くもらってしかるべき」と「異議」を申し立てたが、それに対して彼女は「はいはい」とアートディーラーとして世界を回って集めたコレクター品の目録を渡した。

絵画や彫刻、その他のアート作品はすべて価値のある物だと理解した途端、ただ古いだけの家屋には誰も目もくれなくなった。

「まあ、そんなもんよ。灯園《とうえん》の一族だけあって古美術品の目利きは確かだしね。終活にはちょっと早いかもしれないけど、こうしておけば、私は一番大事なものをお前に渡すことができる」

そう言った伯母は、腰に手を当てて意味深に笑った。

灯園の一族……と親族たちは格好良く言っているが、ようは古美術商を生業としている
だけだ。
海外にも灯園の古美術の支店があってそれなりに経営は順調なようで、目利きは確かな
のだろう。だからこそ、骨董《こっとう》にこれっぽっちも興味のない自分は自然とはみ出し者になる。
小学三年の夏休みに家族で本家に遊びに行ったとき「古いリサイクル品を買って売るの
が仕事なんだよね？」と祖父母に言ったら、祖母には悲鳴を上げられ、祖父は「ふざける
な」と怒鳴った。集まっていた親族たちは「なんてことだ」と青ざめた。
両親には「古美術への愛をスパルタで教える」と真顔で言われた。
結局、宝石以外の古美術に対して愛は全く芽生えなかったし、そのせいで「一族のはみ
出し者」というレッテルを貼られた。
宝石と呼ばれる石の声が聞こえることも問題だった。秋の虫が鳴くような音で、石は
「自分の身の上」を語る。
「石の声が聞こえるよ。面白い！」と両親に言ったら、初めて化け物を見たらこんな顔を
するのかなという、驚きと恐怖の混ざった気味の悪い顔をされた。
両親に「そんなことは誰にも言ってはだめ」ときつく口止めされた。
それでも親族たちにはうすうす気づかれていて「あの子はちょっと気味が悪い」「一人

でブツブツ喋っている」と、陰で言われた。挙げ句の果てに、本家に連れてくるなと言われたことで、子供にとっての最大イベントの一つである「正月のお年玉」がもらえなくなった。あの悲しみと絶望は二十七歳の今でも思い出すと辛い。

古美術の価値が分からないだけでなく、胡散くさい霊能力者のようなことを言う息子に、両親はなんの期待もしなくなった。ネグレクトこそなかったが、家族旅行や家族で外出というイベントは何一つ体験しなかった。

旅行も外出も、バイトができる年になったら友人たちと行けたのでそれなりの思い出はできたが、「石の声が聞こえるし、なんならちょっと不思議なものも子供の頃より見えるようになった」ことは言っていない。

変な相談事を持ち込まれるのも嫌だし、とにかくからかわれたくない。

ちなみに「一族のはみ出し者一号」の伯母の愛は、子供の頃から現代アートにしかなかった。

だからこそ、どこからか「はみ出し者の甥っ子」の話を聞きつけた伯母と、もらえるお年玉の金額に絶望していた小学生の甥が出会って仲良くなるのは当然のことだろう。

「あの伯母さんがなあ……」

殺しても死なないタイプの人間が、まさか渡欧中に事故で亡くなるとは。

葬儀と納骨は、親しい人々だけで行われたという。現地で事務処理に追われた弁護士の歌川《うたがわ》が、帰国後にいろいろ教えてくれた。

大勢の恋人と友人たちに涙と愛で見送られたと聞いて安堵して、その後、少し泣いた。

そして今。

灯園明斗《あきと》は伯母が亡くなってから初めて、自分が譲られた「自宅」に足を踏み入れた。

次の満月までには帰ってくると思う。

そう言ったマリは、満月が過ぎても帰ってこなかった。

「今までマリが約束を破ったことはなかったんだが」

一人で広い屋敷に残されたヴォルフは、彼女がいつ帰ってきてもいいように隅から隅まで黙々と掃除をし、鬱蒼と草木が生い茂る庭の手入れをする。

数日前、梅雨明けを待っていたかのように蝉が鳴き出した。

ヴォルフは夏が嫌いだ。いや、夏というより「暑さ」が嫌いなのだ。

湿気は体にべたべたとまとわりつくし、日差しは肌が焼けるように暑い。ヴォルフはそれがどうしても許せなかった。

日が高くなる前に草花に水をやろうと庭に出たヴォルフは、Tシャツにジーンズというシンプルな格好で、蝉がしがみついて鳴いている桜の木々を鬱陶しそうに横目で一瞥し、片手でホースを掴んでガーデニング用の水道の蛇口を勢いよく捻った。

マリはイギリス式の庭を好んでいたので、ヴォルフもそれに倣って、枯れた草花を抜いて水を与えるだけにしている。

ほんの少し歩いただけでもう暑い。ヴォルフは、草花に水を与えるより先にホースの水を頭から被った。

彼の白銀の髪は太陽に照らされて宝石のようにキラキラと光を反射する。

「はーっ！　気持ちいいっ！」

ヴォルフは首を勢いよく左右に振って髪から水滴を飛ばした。そして金茶の瞳で草花を優雅な仕草で見下ろした。

一八〇センチの長身に、均整のとれたしっかりとした体躯。そして髪は白銀で瞳は金茶。彼の端正な容姿、特にそのトパーズのような輝きの瞳は他人を引きつける。

ヴォルフは視線を移し、目を細めて蔦が絡むさびついた門を見つめた。

屋敷の敷地は高い塀にぐるりと囲まれ、出入りができるのはあの門だけだ。

だがヴォルフは、日の高いうちに門の外には出ない。

自分の容姿がどれだけ注目を浴びるか分かっているので、外出は日が落ち暗くなってからにしている。

以前、屋敷の近くで「この匂いだ！」と確信する匂いを嗅いで以来、ヴォルフはその匂いの元を捜し続けた。

たまにマリが、求める匂いの移り香をまとわせていることがあって困惑したが、断じて彼女ではなかった。だが「誰と会っていた？」と聞くのは嫉妬と誤解されそうで嫌だったし、彼女に詮索されるのも嫌だった。

夜の街を歩き、自分で匂いの主を捜す。

「つがいの相手」とはそうやって捜すのだと、本能が知っている。

夜の照明に照らし出される美しい彼に声をかけてくる者は星の数ほどいたが、それらを適当にあしらい、「なんだ、お前」と言いがかりをつけられる前に人混みに消えた。

そのうち「芸能界に興味はないか？」「モデルに興味はないか？」と言い寄ってくる連中もいて、彼らのしつこさに辟易してからは、夜の外出も殆どしていない。

自分が求める人間は、もうこの地にはいないのだ。

ならば、もっと遠くまで捜しに行かなければ。

あの匂いは「つがいの相手」のもの。一度嗅いだら絶対に忘れない。心がときめき、体が高揚する匂いだった。

「つがいを見つけたら、マリに紹介しないとな。いや、その前に歌川か？　面倒な手続きならあの男だろう。それにしても、マリから香る俺のつがいの匂いは誰のものなんだろう」

心を許しているのはマリと、月に何度か訪れる「弁護士の歌川」だけだ。

「さてと！　今日は水やりが終わったらモグラ穴を埋《う》める作業をするか」

思ったことを口に出すのがすっかりくせになったヴォルフは大きな声で独り言を言った。

そのとき、金属の擦れる耳障りな音が聞こえた。

実際の音はそんなに大きくないのだが、ヴォルフは耳と鼻がいい。

二人の人間が敷地に入ってくる。匂いの一人は歌川だ。

だがもう一人の匂いに、ヴォルフは激しく反応した。心の中で尻尾が激しく振られた。

体が勝手に走り出す。

歌川と一緒にいる人間は、ヴォルフの「つがいの匂い」をまとっていた。

「おーい、ヴォルフ。なんでそこで立ち止まっているの？　こっちにおいでよ」

歌川は笑いながら、「ヴォルフ」という青年に手を振っている。

明斗は、とんでもない美形を目の当たりにしてびっくりした。

ファンタジー映画の中に出てくるような美形だった。いるだけで周りがキラキラと輝いて見える。なんでマントをつけていないんだ。剣も持っていない。Ｔシャツとジーンズ姿にとてつもない違和感を覚えるほどだ。

一度見たら決して忘れない、強烈な印象。まるで職人が作り上げたダイヤモンドの宝飾品のようにきらめき、美しい。

明斗の頭の中から語彙が消え、ただ「なんて綺麗なんだ」という言葉だけが浮かんだ。

その彼が、物凄い勢いで現れたかと思うと、何も言わずに口をパクパクと動かし顔を赤くして地団駄を踏む。

そしてたった今、来た道をまた戻っていった。

「え？　一体何が起きたんだ……？　俺、何かした？　歌川さん」

「彼はヴォルフ。マリさんの同居人です。明斗さん」

明斗は、形のいい眉を顰めて首を傾げた。

「同居人？　初めて聞いた。伯母さんの恋人、とか？」

二十七歳の自分と同じぐらいの年に見えたが、身長は自分より高かった。

明斗は一七五センチで、太らないようそこそこ体を鍛えている。いつも笑顔で人当たりがよく「ひなたぼっこをしている猫ちゃん」のように見えるのは処世術で、本来は気が強く口も悪い。しかも、見えなくてもいいものが見えてしまう体質なので、他人と打ち解けることに対して常に慎重だ。

「彼は恋人じゃないですよ。マリさんが引き取って後見していただけです」

「へえー。……でも、ほら、なんというか……人間じゃないっぽい感じがした。あんな人を見るのは初めてだ。あの綺麗さは妖精みたいだと思う。モデルか何かかな」

すると歌川は「ははは」と笑った。

マリに歌川のことを「この人に財産のことは任せているから」と言われて引き合わされたときに、明斗の体質を知っても「明斗さんは、不思議な体験をする人なんですね」と言われてそれで終わった。訝しげな態度も表情も見せなかった。

それがポーズであっても「明斗はクライアントの一人」というスタンスで接してくれる

のはありがたい。

「私も初めて彼と会ったときは驚きました」

「もしかして俺は、あのキラキラも一緒に相続したってことですか？」

「詳細は中に入ってからお話ししますよ」

屋敷への古ぼけた石畳のアプローチを暢気に歩きながら、歌川がはぐらかす。

「遺産相続でトラブルが起きるのは、勘弁してほしいんだけどな」

「それは問題ないでしょう」

明斗は「だったらまあいいか」で終わらせた。


四十年ほど前に建てられた屋敷だが、くたびれた様子がない。

アートディーラーをしていたマリはよく、「美しいものは不変なのよ」と言っていた。おそらく屋敷のコンディションにも気を使っていたのだろう。

明斗は車寄せをくぐり、歌川がドアを開けた後をついていきながら、「ちゃんと中に入るのは、小学生のとき以来だ」と呟いた。

「まあ、さっきも引っ越し業者と一緒に段ボール箱を運んだけどさ」

引っ越し段ボール箱は今、明斗がアトリエに使おうと思っている一階の部屋に山積みにされている。

明斗の仕事は、様々な宝石からこの世にたった一つだけのアクセサリーを作り出すことだ。

デザインだけでなく素材にもこだわっているので決して安くはないが、それでもここ数年でようやく軌道に乗った。一人で暮らしていくのに問題ない。

囁くような石の声が聞こえてくるが、それはクライアントにも言わない。

曰く付きの石もたまにあって、呪詛めいた言葉がうるさい。そういう石はしばらく地面に埋めてから使うと、面白い輝きの石となる。多分土が上手く作用しているのだろう。

美しい石と金属を合わせて、唯一のアクセサリーを作る。

そのためのアトリエを、ここに新しく構えた。

「そうなんですか？　何度も来ているものだと」

歌川は「意外ですね」と付け足した。

「中学や高校じゃ部活動で忙しかったたし、大学に入った頃から今の仕事をしていたから、伯母とはメールやＳＮＳでのやりとりの方が多かったです。……ところで、もうクックを出してもいいですか？　いつまでもキャリーバッグの中じゃ可哀相だ」

明斗はエントランスの床にキャリーバッグを下ろす。

「迷子になりませんか？」

「不思議だけど、なぜか俺の足音が聞こえる範囲でしか行動しないんだ、こいつ。だから大丈夫です。ほれクック、外に出ていいぞ」

彼がキャリーバッグの蓋を開けると、中から不機嫌な低い声を上げて、ぽってりとした雌猫が出てきた。

黒マスクを被ったような顔。白い被毛に黒く短い尻尾、足先も黒くて靴を履いているように見える。面白い柄の白黒猫だ。

クックは両前足を前に向けて伸びをすると、尻尾をぷるっと震わせて明斗の脚に何度かまとわりつき、用心深く屋敷の探索に向かう。

「ヴォルフは動物を飼ったことがないけど大丈夫かな」

「大丈夫じゃないと困る。俺にとっても同居人になるわけだし」

……と、明斗の耳にクックの大きな声が聞こえてきた。

「おいおい、どうしたクック。蛇でもいたのか？」

早足で音のする方に駆けつけると、階段の踊り場でクックが物凄い唸り声を上げ、さっき見たキラキラ人間を「シャーッ！」と威嚇している。

「なんで怒るんだ？　おい、猫めっ！　俺は何も悪いことはしていないぞ！　ただここから、新たな下僕を観察していただけだ！」

今何か変な単語を聞いたが、面倒くさそうな気がしたので明斗はするっと流す。

「猫なら猫らしくネズミでも追いかけていろ！　俺が許す！」

許すってなんだー……。

明斗は心の中で面倒くさく突っ込みを入れ、歌川は踊り場を見上げて小さく笑う。

「歌川！　なんなんだこの猫は！　俺をこれっぽっちも敬わない！」

ヴォルフは大声でクックを威嚇するが、クックは彼の脚に高速猫パンチをお見舞いしている。

「この怖いもの知らずめ！」

「大声が怖いんだよ、きっと。もっと優しい声で接してくれ。俺の大事な猫だ」

明斗はクックがヴォルフに蹴飛ばされやしないかとヒヤヒヤしながら、彼に釘を刺す。

「は？」

ヴォルフが明斗を見下ろし、威厳を示すかのように腰に手を当てて胸を張った。

「俺は灯園明斗。今日からここの主だ。その猫はクックという。かなり賢いから、そのうち友達になれると思うよ。あんたはキラキラしてるけど……人間っぽくないな」

綺麗が眩しいのは宝石で知っているが、それが人間にも適用されるのは初めてだ。

明斗は目を細めてヴォルフを見ながら自己紹介をする。とりあえず、笑顔だ。

「アキト、か。ふむ。確かにマリの血に近い匂いを感じるな」

ヴォルフの態度は相変わらずの「俺様」だが、何かを期待するように目が輝いている。

「匂い？　そんな匂いなんてするかな、俺」

「鼻がいいから分かるんだ。それにお前は俺の大事なアレ、ええと……あれだ、ほら！　下僕！　下僕の匂いがする。濃厚だ！　俺の元から離れるな！」

二度目の「下僕」発言はスルーできない。

そもそも下僕の匂いってなんだ。

「なんなんだ？　俺はここのオーナーだぞ？　主だぞ？　なんていう言い草だ」

明斗は眉間に皺を寄せ、ヴォルフを睨んだ。

「そうだよ、ヴォルフ。下僕ではなくルームメイト……この場合はハウスメイト？　もしくは恋人候補とかお手伝いさんとか、オーナーとか……」

歌川がのんびり言い返すが、彼の選んだ単語も少々引っかかる。

「そ、そうだな。……まずは互いを知るための……その、ささやかな触れ合いをするか」

ヴォルフはごくりと喉を鳴らして階段を下り、そっと明斗に手を伸ばす。明斗はてっきり握手でもするのかと思って、伸ばされた右手をしっかりと握りしめた。

自分の手よりも大きくてゴツゴツと筋張った手だが、感触は滑らかで、それがまたヴォルフのキラキラ度を上げていた。

「この……！　いきなり触れるヤツがあるか！　ぶしつけなヤツめ！」

口ではそう言うが、触れ合ったら止まらなくなったのか、ヴォルフは明斗の体をべたべたと触り出す。

「ふむ。なかなかいい骨格だ。ひ弱でない。俺は気に入った。それにしても、つがいの匂いは素晴らしいな！　雄同士では子はなせないが、まあいい。生涯を共にできる匂いだ！　今日は最高の日だな！　早くマリにも知らせなければ！」

ヴォルフは白い歯を見せて笑う。

やけに発達した犬歯が気になったが、今の明斗はそれよりも気になる発言で頭の中がいっぱいだ。

「あー……いや、ちょっと、あの、いつまでも手を握られても……」

感情のジェットコースターのようなヴォルフに対して、どう対処すればいいのか分からずに真顔で固まる。足元ではクックがシャーシャーと威嚇している。

「はっ。俺は積極的すぎたか？　もう少し段階を踏んだ方がよかったのか？　だが感動の出会いなら騒がしい方がいいだろう？　そう思わないか？　歌川！」

「いやいや。君のことは明斗君には何も説明していないので、落ち着いてくれないか？　ヴォルフ」

両手を前に出して「落ち着け」のポーズをする歌川の横で、ようやくこわばりの解けた明斗は「その通り！　キラキラしているからって何をしても許されるなんて間違いだ！」と強めに言い放った。

するとヴォルフは鼻を鳴らして「そんな強気な言い方も俺の好みだ。匂いはもっと好みだがな」と言い返す。

明斗の心中で、何かがプチッと切れた。

「……あのな、キラキラ野郎。少し黙れ。……本当に伯母さんは、こんな顔がよくてキラキラしてるだけの得体の知れない生き物の後見をしてたって？　嘘だろ！　玄関横の照明にしかならないキラキラ度じゃないか！　俺が削って宝石にしてやろうか！」

「ほほう！　俺の美しさに感動しているんだな？　そうだとも、俺はお前の世界を照らす光となろう！　嬉しいだろう？　喜べ！　愛でてやる！」

「愛でるってなんだっ！」

「よし。俺自ら、お前につがいとはなんぞやということを教えてやろう」

会話が成り立っているようで成り立っていない。

明斗はいつまでも彼と手を繋いでいたくないので乱暴に振りほどいた。

怒るとストレスがたまるから怒りたくないのに、このヴォルフという男は明斗の神経を逆撫でする。

「はい、それまで〜。立ち話もなんですから、食堂で冷たい飲み物でも飲みながら話をしましょう」

歌川が手を叩きながら二人の間に割って入り、勝手知ったる他人の家とばかりに食堂に向かう。

「分かった！　今行く！」

明斗は歌川へ返事をし、振り返ってヴォルフに視線を戻した。

ヴォルフは不満な表情を隠そうともせず、偉そうに腕組みをしている。

「ほら、お前もさっさと来い！」

「俺はヴォルフだ！」

「は？」

「俺を動かしたかったら、ちゃんと名前で呼べ！　下僕！　あ、違う違う！　下僕として俺に仕えながら、つがいの意味を知れということで……」

「意味が分からない！　ヴォルフ、さっさと来い！」

黙れ、このくそ野郎。

なんてことは言葉にせずに心の中でボソリと言う。

明斗の周りの空気が一気に重くなったことに気づいたのか、クックが慌てて彼の足元に向かった。

「なぜ怒鳴る？　まあいい、さあ、食堂に行こう。どんな話が待っているのか、楽しみだ」

ヴォルフが目を細めて微笑み、軽やかに歩き出す。

そうやって笑っていれば、キラキラ度満載の美形で好感度も高いのに。

「口を開いたら台無しだ。いや最悪だ」

小声で言って盛大にため息をついた。

部屋の中央には大きなテーブルが置かれ、中国刺繍の施されたテーブルランナーで飾られていた。

歌川はキッチンから、ティーポットと氷を入れた三つのグラスをトレイに載せて現れる。

「茶葉以外は、ワインと缶ビールとウイスキーしかなかったので、これでいいですね」

彼は、上座の席に着いた明斗に説明すると、濃いめに入れた紅茶をグラスに注いだ。

「すみません。俺がお茶を入れなきゃいけないのに」

明斗がしたのはヴォルフに怒鳴ることだけだ。

「いえいえ。私の方が食堂のことを知ってますから」

伯母と歌川は付き合いが長いから、こういうこともありなのだろう。

彼は気にせず「お茶を飲んで落ち着こう」と言った。

「おい。そこはマリの席だが？」

ヴォルフは明斗の斜め横に腰を下ろし、指先でテーブルを叩いた。

「これからは、ここが俺の席になる。新たな主だから」

「マリの許可は得たのか？　どうなんだ？　歌川」

ヴォルフは、自分たちの前にグラスを置いた歌川に同意を求めるが、彼は何も言わずに「自分の席」に腰を下ろす。そして、傍らのブリーフケースから銀フレームの眼鏡を取り出してヴォルフのグラスの横に置いた。

「これはマリの眼鏡じゃないか。なぜ俺に……」

途中でヴォルフが口をつぐんだ。

伯母の眼鏡をそっと掴んで鼻先に近づけ、匂いを嗅いでから「死んだんだな」と掠れ声を出す。

「仕事先で、事故に巻き込まれて亡くなりました」

ヴォルフは、歌川の言葉を聞きながら頷く。

「私は灯園家の弁護士として、君にマリさんの遺言を伝えに来ました」

「マリは……苦しんだのか？」

「いえ。一瞬の出来事で、医師によると即死だったそうです」

「そうか。苦しまなくてよかった。……そうか、死んだのか……」

帰ってきたのは、ホテルに置いてあった予備の眼鏡だけ。

ヴォルフは眼鏡を掴んだまま、そっと涙を流す。

涙は次から次へと頬を流れ、テーブルの上にポタポタと落ちていく。

ヴォルフは涙を拭おうともしない。

その泣き顔に、明斗は思わず見惚れた。

とても美しくて、それでいて、静かで深い悲しみが見て取れた。

宗教画のように厳かにも見える。

「さて、俺はこの後どうすればいい？　つがいの下僕を抱えてどうやって生活しようか。それとも故郷に帰った方がいいか？　だとしたらその手はずは頼んだぞ、歌川」

ささっと涙を手の甲で拭い、ヴォルフが今後のことを口にする。

「ちょ、お前、もう少し悲しんでいてもいいんだぞ！　いきなり現実に戻るな！」

明斗はびっくりして素早く突っ込みを入れた。

「何を言うか。マリは空の彼方で俺たちのことを見守っていると思えばいい。彼女の魂を安心させるためにも、これからのことははっきりさせたい」

前向きすぎて目眩がする。キラキラした美形だから余計だ。

明斗はため息をついて、アイスティーで喉を潤した。

「まあまあ。ヴォルフはここに住んでいて問題ない。生活費はすでに君の口座に振り込まれているし、利子だけで十分暮らしていける」

ヴォルフが首を傾げているところから、おそらく歌川が、生前の伯母に依頼された仕事だ。

明斗は「利子だけで生活できるなんてどんだけの額だよ」と思いつつ、歌川の話を黙って聞く。

「それとですね、明斗さん。あなたは今日からこの屋敷で暮らしますね？」

「そのつもりですけど。仕事用のアトリエも持てるし」

「ヴォルフも生前贈与に入っていますから、よろしくお願いしますね」

「いや、待って！　冗談でなく？」

「ちゃんとサインしましたよね？　生前贈与の書類に」

確かにサインをした。もちろん直筆だ。

初めてのことばかりだったから、とにかく隅から隅まで読んでサインをしたはずだ。

親族たちの付け入る隙を与えないように。

だが人間まで相続するなんて聞いていない。そもそもそんなことができるのか。

……いや、それはちょっと人道に反するというか。

明斗は「マジか」と冷や汗を垂らす。

例えば相手がペットなら「大事にしていた子なのでお願いします」と相続することもあるだろう。

「……こいつ、人間だと思うんですけど。思いたいんですけど」

明斗はいやいやヴォルフを指さすが、当人に「指をさすな」と怒られる。

「ヴォルフがどんな種類の生き物かは私も知りません。正体を知ったら怖いじゃないですか。ですが人外でも、人の形をして動いていますから」

「それでいいんですか？　歌川さん！」

得体の知れない生き物と一つ屋根の下で暮らす俺のことも、少しは考えてほしい。

明斗は眉尻を下げた情けない顔で歌川を見る。

「深く考えずに生活するのもいいんじゃないですか？　さて屋敷の鍵をお渡しします。マリさんから預かっていましたから」

歌川はブリーフケースの中から、アールヌーヴォー調の柔らかな曲線を描いたキーホルダーを引っ張り出した。

鍵は全部で四つ。

「一番大きな鍵は外門の鍵です。次に大きな鍵は屋敷の玄関ドア。こっちの細い鍵は、屋敷内すべての部屋のドアが開けられるマスターキーです。そして、この銀色の鍵ですが……実はどの部屋の鍵かは分かりません」

「ふうん。……だとすると、屋敷内を探検する必要があるな」

「どうか穏便に平和に過ごしてください。とりあえず二カ月経っても二人の折り合いがつかないようでしたら、そのときにまた考えましょう。では私はこれで帰りますが、仲良くなってくれると嬉しいと思います。……個人的な意見ですが」

心配そうな歌川に、明斗は「二カ月も一緒にいられるのか？」と言って目を閉じた。

屋敷の一階。一番南に造られたサンルームの、育ちまくった観葉植物の中にぽつんと置かれている古ぼけたソファの上が、ヴォルフのお気に入りの場所のようだ。

長い足を投げ出して座っているのが見える。

明斗と一緒にいたクックが、ふくよかな下腹を揺らして、ヴォルフの脚に自分の体を擦りつける。

「猫め。俺を慰めているつもりか」

ヴォルフがクックのたっぷりとした体を抱き上げて柔らかな被毛に顔をうずめる。クックは怒りもせず、神妙とも迷惑とも言える表情でヴォルフの腕の中で丸くなった。

「ふわふわして……気持ちいいじゃないか……、くそ……っ、猫め」

「まるでジャングルだな。いい具合に観葉植物が育っている……が、少し暑くないか？」

明斗は観葉植物を掻き分け、ヴォルフの傍に近づく。

「ここは俺の好きな場所だ。本当なら誰も近寄らせないが、お前ならいい」

ヴォルフはクックの被毛に顔をうずめたまま言った。クックは「サービスタイムは終わりだ」とばかりに、ヴォルフの腕からもがいて逃げる。

「そうか」

偉そうに許可されたので、こちらも偉そうに返事をする。

少々面倒くさそうな男だが年も近そうだから、最悪、友人関係は結べなくても「いい大家といい店子」ぐらいにはなれそうだ。

明斗は、物憂げな表情のヴォルフを見てそう思った。

「最後の別れぐらい……したかった」

「俺もだ。でも、葬式では恋人たちに見送ってもらったってさ」

「ならいいか。……マリは、お前を俺に引き合わせてくれた。素晴らしい女だ」

ソファの背を間に挟んでふわりと、ヴォルフは明斗の体を抱きしめた。

明斗は驚いてびくんと震え、「痛いんだが」と強引に体を引き離す。

「何をするんだよ、いきなり」

警戒しながらも突っ込みを入れることは忘れない。

「抱擁だが？　ハグ。知らないのか？」

「知ってる！　だがこれは、いや………それは……」

目の前のとんでもない現実を目の当たりにして、明斗は逆に冷静になった。

「ヴォルフ……」

「なんだ？」

「その耳は、一体なんだ？」

明斗はあっけにとられた顔で、ヴォルフの耳を引っ張る。

それは彼の頭から生えていた。大きく尖った耳にはふさふさと毛が生えて、本来人間の耳がある場所は髪の毛で覆われている。

「え？　あっ！　……まあ、下僕なつがいに出会えて興奮した……というところかな」

「マジかよ。狼男……？　いや犬男？　その耳は犬系だろ？　なんなんだ！　この屋敷は実は恐怖の館だったのか！　恐怖犬男！」

自分でも何を言っているんだと思ったが、大声で何か言っていないと落ち着かないような気がした。

「犬ではない」

耳だけではない。彼の尻には耳と揃いの毛で覆われたふさふさの尻尾が、ジーンズのベルト下辺りに無造作に開けられた穴から生えている。

人外のコスプレをしたような奇妙な格好だが、相手を警戒するように後ろに倒した耳や、不機嫌そうに緩やかに動く尻尾を見た明斗の反応は違った。

「はあ？　なんだそれ……っ！　か……可愛い…っ！　くそっ！　恐怖の人外に対して可愛いなどと！」

彼は両手で口元を押さえると、ヴォルフの耳と尻尾の可愛らしさに心を射貫かれ、「うっ」と呻く。

「見てしまったなあ……明斗。この俺の秘密を。このゴージャスな耳と尻尾を。俺の秘密を見たのだから、責任を取れ。それが人というものだ」

「責任ってなんだよ！　こんな可愛いパーツを誰かに話すわけないだろっ！　なんなんだ！　可愛いなっ！」

明斗はソファを跳び越え、勢いに任せてヴォルフの尻尾を抱きしめようとしたが、あと一歩のところで逃げられる。

「己の弱点をそうやすやすと触らせるものか！」

そう言ってから、何度か瞬きをして「つがいになら触れさせるがな」と言った。

いや、その最後の言葉は、どう考えても後付けだろ！

明斗は心の中で舌打ちをする。

「つがいってなんだ。そもそも、お前という生き物がなんなのかも知らないのに。得体の

知れないもののパートナーにはなれないっての。馬鹿かよ、くっそ」

でもモフモフの尻尾には触りたい。触り心地を確かめたい。

明斗の頭の中から「恐怖犬男」は消えてなくなった。

「お前、意外と口が悪いな……。その外見からして、もっとこう、優しげなのかと思っていた」

「処世術。俺は元々口が悪い」

「そういうところも気に入った！　俺にだけ本当の自分を見せているんだな！　愛しいぞ、明斗」

「いやいやいや、俺は……その、あー……同性と深い関係になりたいとは思っていない。ふわふわしたものは触りたいが」

「俺は狼男というファンタジーではない。人間に変身できる狼で、世にいる狼たちとは全く違う『狼』だ。人間ではない」

「異種族はもっとアレだろ、ハードルが高いだろ！」

世にいる狼とは全く違う『狼』だって？　なんなんだ？　何かの都市伝説か？

明斗は、人外の都市伝説ならいくつか聞いたことがあった。

その中に、不思議な『狼』がいたような気がする。

「マリも、美術コンテナの中にいた俺を見つけたときは、腰を抜かしたな。懐かしい」

「……どういうことだ？」

「何、ちょっとした好奇心が原因で、俺は日本にやってきたということだ」

密航かよ……。しかも人外の密航だよ。

心の中で突っ込みつつ、明斗はハタと気づく。

「歌川さんから受け取った書類の中に、ヴォルフに関することがあったな」

明斗は引っ越しの際に段ボール箱に詰め込んだ書類のことを思い出す。

結局歌川は何も教えてくれなかったから、知りたいなら自分で調べるしかない。

「ほほう。その書類はどこだ？」

「俺の引っ越し荷物の中。段ボール箱に入ってる。ちょっと読んでくるから大人しく待ってろ」

アトリエに置きっぱなしになっている段ボール箱の元に向かう。

「つがいのことが書いてあるのか気になるから俺も読む」

もしかして、『狼』のつがいについて話を聞いておいた方がいいのだろうか。もしかしたら伯母が残した書類の中につがいに関しての何かがあるかもしれない。

段ボール箱を四つ開けて、ようやく書類を見つけた。

『都市伝説と狼男と特殊な「狼」』

『人間の姿になるとみな容姿端麗であるからこそ、都市伝説になった「狼」たち』

『狼男は人間ベース。創作とされるが、実はそうではない』

えらく眉唾物のタイトルが並んでいて、明斗は途中で一度目を閉じた。

「歌川さんはヴォルフの正体はよく分からないと言っていたが嘘だろ」

先入観を持たない方がいいと言いたかったのかもしれない。

明斗はまず、一般的な狼と『狼』の違いについてと書かれた書類から読むことにした。

ヴォルフが隣にぴたりと寄り添ってくるのに最初は少し鬱陶しかったが、途中で読むのに夢中になって気にならなくなった。

そもそも狼男と『狼』は全く別のものであるというのは分かった。

……つまり、と、明斗は自分の隣にいるヴォルフを一瞥して「人間の姿が仮なのか。ずいぶんと上手く変身できているな」と感心する。

「日本でいう、化け狐や化け狸ってところか。いや、つがいがどうこう言うから『鶴女房』や『雪女』みたいな異類婚姻譚だな」

明斗は頭の中で、空腹で倒れている『狼』を伯母が保護する姿を思い浮かべた。あの伯母なら「美しい生き物だから死なせるのは惜しい」と思ったに違いない。

「マリが仕事で、俺の故郷に来ていたのだ。そのとき、うっすらとつがいの匂いがしたので、美術品を運ぶコンテナに忍び込んだ。とにかく、つがいの情報がほしかったんだ。あのときの俺の行動力は素晴らしいな。まさかあのまま日本まで運ばれるとは思わなかったが」

「あー……はいはい。『狼』はヴォルフの故郷での都市伝説になっているんだな。妖精や精霊と同等だと。魔術や魔法が使えたりするのか？」

それはちょっと、いやいや、大いに気になるところだ。

明斗は期待を込めてヴォルフに尋ねるが、彼が鼻で笑ったので内心傷つく。

「魔法を使える人間はすでにこの世にいない。魔術は人間が使うもので、『狼』は使わない。驚異的な身体能力や長寿、老いない体は魔法でもなんでもなく、『狼』が最初から持っているもの」

偉そうに解説されても腹が立たないのは、ヴォルフという生きた都市伝説が目の前にいるからだ。

明斗は「そうなのか」と頷いて、残りの文章に目を通す。

恐ろしい都市伝説だと思っていたが、接触した人々の体験談はずいぶんとフレンドリーな内容だ。

「森で道に迷ったとき、喋る狼に助けてもらった」

「きこりが山の中でとてもいい匂いがすると思ったら狼がいて、夫婦になって子供を作った。幸せな家庭を築いたという」

「噂だが、『狼』の自由な生き方は、世界の富豪たちに見守られているからだそうだ」

「一度でも『狼』を見たら虜になる。崇拝するしかない」

あとは、もう、『狼』への賛美しか記されていなかった。

この資料をまとめた人間はどれだけ『狼』が好きなのかと突っ込みを入れるほどに。資料を日本語に訳してくれた歌川には感謝しかない。

「狼男との待遇が全く違うな。あれはあれで、映画によっても設定がいろいろあるけど」

「呪いや魔術で半人半獣になった者たちと、美しく気高い、しかも賢い俺たちと一緒にするな」

「もし俺がヴォルフにかまれたら、狼人間になる？」

するとヴォルフは眉間に皺を寄せて目を伏せ、低く唸るような声を出した。数分はそうしていただろうか。

ようやく口を開いたと思ったら「今、言うべき答えはない」だった。

「なんだよそれ」

「まだなんとも言えんということだ」

それは答えになってないぞ。

ただヴォルフの表情から、もしかして今の質問はタブーだったのかもしれないと察することはできた。

「しかし、まあ、ある意味究極生物ということか」

「だろうな。美しさと強さの両方を持った贅沢な存在だ」

「ふーん。……伯母さんは、きっとお前のモフモフ尻尾に惹かれたんだな。それしかないだろ」

と冗談で言ったら、真顔で首を左右に振られた。

「いや、俺の真の姿を見て美しいと言って両手を合わせていたぞ？　狼姿の俺を。さすがは芸術を理解する女だ」

「あー……やっぱそっちか。なるほどな。伯母さんとつがいになればよかったのに」

「それは無理だな。つがいには、つがいの匂いというものがある。俺にとって最高の相手は、匂いで分かるんだ」

「つまり、伯母さんの匂いは違っていたと」

「その通り。だがお前の匂いは違った。一度嗅いで分かった。俺のつがいはお前だ。

安心しろ、俺たちの種族は浮気などしない。決してしない！　なので安心して俺にすべてを委ねろ！　ヘイ！　ヘイヘイ！」

何が「ヘイ！」だよ、残念美形が！

明斗は「俺って心の突っ込みが上手くなったな。嬉しくないけど」と、深く長いため息をつき、首を左右に振った。

もしもヴォルフが、こんな残念な言い方をする生き物でなければ、明斗も「最初はお友達から」と考える余裕もあったかもしれないのに。

「どうした？　俺の求愛が不安なのか？　……仕方がない。尻尾に触るか？」

だが、それはそれ、これはこれ。尻尾には触りたい。人間の好奇心は偉大だ。

明斗は差し出された尻尾を無言で掴む。

次の瞬間笑顔になった。思わず微笑んでしまう柔らかさ。

「ふわふわだな。もっとゴワゴワしているかと思った」

「一般的な狼や犬ならそうだろうが、俺はそういう生き物ではないからな」

「凄いな『狼』って」

「まあな。俺たちは奇跡の存在で、長寿故に数は少ない。ましてや、つがいと出会える確率はとても低い」

まあそうだろうな……と、明斗は軽く頷いた。

「それはさっきの書類に書いてあったよな。……都市伝説は、俺の目の前にいる」

「希少だろ？　そんな俺がお前のつがいだ。喜べ」

「ああうん、それは後で。今は尻尾に触っていたい。この尻尾はいいものだ」

明斗はヴォルフの尻尾を掴んだまま、うっとりと頬ずりする。

気持ちがいい。

実際の狼は知らないが、大型犬には触れたことがある。そのときはもっとこう硬い毛だった。

あの感触とは大違いだ。

ヴォルフの言う『狼』は、最高に触り心地がいい。クックと並ぶ。

「俺のつがいになれば、好きなときに好きなだけ触らせてやるが？」

「……その前に、下僕とか言ってたな？　お前」

「下僕はまあ、ほら、つがいになるための儀式というか前段階というか……どちらにせよつがったら絶対に離したりしないから安心しろ」

ヴォルフがキラキラとした笑顔で言う。

明斗は思った。

つがいうんぬんの前に、ヴォルフにちゃんとした言葉の意味を教えようと。

「それとも、交わることに心配があるのか？　それこそ心配無用だぞ？　明斗」

「は……？」

「故郷では、みんなつがいと出会ったときのためにと、努力を怠らない」

「あー……いや、そういう話はいいから。別に聞きたいと思わない」

「ならば実力を披露してやるか」

何を披露する気なんだお前。

……と尻尾を放して心の中で突っ込みを入れた次の瞬間、ソファの上に押し倒された。

「人の嫌がることはしてはいけませんっ！」

「愛故の暴走だ！」

ヴォルフは耳を後ろに倒し、尻尾を低く揺らしながら怒鳴る。

「一方通行の愛は迷惑だ！」

「優しくするから……」

鋭い犬歯を見せながら言うセリフじゃないだろうが。

明斗は眉間に皺を寄せて「この家の主は俺なんだが……」と、上下関係を再確認する。

「何を言うか。つがいという存在が、『狼』の世界の頂点だ。それより上などない。緊張しなくていいぞ、明斗」

特殊な異種族に押し倒されて迫られて、「緊張するな」はない。

どちらかというとセックスに対して淡泊なので、こんなふうに迫られると逆に引く。

「その気はないからやめろ」

「先に体を慣れさせればいい」

「お前、綺麗な顔して最低のことを言うんだな。狼野郎が」

低い声で悪態をついた次の瞬間、強い力で尻を揉まれて呻いた。

「痛いぞ馬鹿！」

「力加減が……上手くできないな。ははは、つがいを前にして、俺の方が緊張していたようだ。すまなかった」

照れくさそうに笑いながら謝罪するヴォルフを見て、明斗は「なんだよ、お前」と思わず脱力する。

ここで素直に謝罪するなよ、『狼』め。ピコピコ動く耳が可愛いじゃないか。くっそ。

この状態で可愛いと思うなんて、自分も大概だ。

明斗は「力加減が上手くできるまで、そういうのはナシだ」と、提案してみた。

相手は希少な人外だから、ちょっとぐらいは優しくしてやろう。

するとヴォルフは低く唸り、首を左右に振ったり空を仰ぐ。

尻尾の妙な動きから葛藤しているのだと分かったが、その動きが可愛いと言ったら図に乗りそうだったので黙った。

「だったら……力をセーブできるようになるまで、協力、してくれるか？」

「いいぞ。まずそれが、最初の問題だ。それが解決しなければ次のステップには進まないからな」

問題を先延ばしにしているのは承知の上だ。

だがまずはこの体勢から逃げたい。

「そうか。ならば早速協力してくれ。どのくらいまで抱きしめても苦しくないか」

「は？」

「協力してくれると言った」

「言ったけど、ちょっと、骨が折れたらどうしてくれるっ！　狼野郎！」

「苦しかったら苦しいと言ってくれればいい」

「苦しいからやめろ！」

「……ちょっと無理」

ヴォルフの楽しそうな笑い声に、明斗は「狼野郎！」と罵る。

「つがいの匂いはなんて素晴らしいんだ……」

「そうですかー……」

抵抗するのも馬鹿馬鹿しくなった明斗は、体の力を抜いてきゅっとヴォルフに抱きしめられた。

昨日は本当に大変だった。

ヴォルフの相手もそこそこに「引っ越しの片付けだ」と言って部屋に飛び込み、ベッドやテーブルを配置換えをしてアトリエ作りを始めた。

頑張りすぎて夕食を取るのも忘れて寝てしまった。

顔や体に犬らしきものの毛がくっついていていてむずがゆくて目が覚める。ダニに刺されてかゆみで目が覚めなくて本当によかった。

腹は減ったがまずはシャワーだと、明斗は小学生の頃の記憶を辿って一階奥のバスルームに向かう。

四畳半ほどのバスルームは水色とベージュのタイルが敷き詰められ、バスタブと便器は青い花模様のついた陶器で造られていて、どこか懐かしい雰囲気を醸し出している。

明斗はバスマットの前で靴を脱ごうとして、顔をしかめた。

バスルームには先客がいる。

「なんでヴォルフがいるんだ……」

全裸で雫を垂らしていたヴォルフに、明斗が突っ込みを入れる。

「庭掃除で汗を掻いたから」

ヴォルフは長めの前髪を乱暴に掻き上げ、明斗に笑いかける。

「一人にさせるのは不安だったが、その様子じゃ部屋の片付けは済んだようだな。よかったよかった」

体の骨が軋むまで抱きしめておいて、爽やかな顔で何を言うか。

明斗は眉間に皺を寄せ、無言のままTシャツを脱いだ。

「体を洗ってやろうか？」

「しなくていい。シャワーを浴びるからどけ」

「裸の付き合いは大事だ」

「は？」

ジーンズを脱ごうと前屈みになった明斗の前で、ヴォルフが両手を広げて微笑む。

全裸で。

見てはいけないモノほど注目してしまうのは人のサガなのか、それとも限りない好奇心のなせるワザなのか。

明斗はヴォルフの股間から目が離せない。

「どうした？」

「いや、別に。それより、さっさとどいてくれ。シャワーを浴びたい」

ようやくそっぽを向いた明斗に、ヴォルフが「やはり俺の体が気になるか。そりゃそうだろう。素晴らしいつがいの体だ」と嬉しそうに言った。

そしていきなり、正面から明斗の股間に手を伸ばす。

「うっ！」

乱暴に掴まれた明斗は冷や汗を垂らしたが、ヴォルフの力はちゃんとセーブされていた。これも「九死に一生」の一つになるかもしれない。

「いきなり何をするっ！　ちょっと！　なんで手を動かすんだよっ！　弄るなっ！」

たどたどしい優しさが、握られた場所から伝わってくる。

ゆるゆると扱かれて、明斗の陰茎はヴォルフの右手の中で瞬く間に硬く勃起し、先端から雫を溢れさせる。

性欲に淡泊でも、こんなふうに触れられたら反応してしまう体と、「相手は同性で、しかも異種族なのに、触ってもらえば性別は関係なのか」という葛藤の間でサンドイッチの具になっている自分がいる。

明斗は「やめろ」と首を左右に振った。

多分今ならまだ冗談だと笑い話にできる気がする。

だがこれ以上進んでしまったら……。

「ああ、いい顔を見せてくれるんだな、明斗。お前の匂いも濃厚でとてもいい」

耳元で熱く囁かれて、明斗は頭を振ってヴォルフから逃れようとするが、ヴォルフは逃がしてくれない。

「可愛いな、明斗。俺に触れられても痛くないだろう？　力加減はちょうどいいはずだ」

「やだ……っ……放せ……っ」

「それともまだ痛いのか？　俺に触れられて辛いか？　ここはこんなに熱く猛って、歓喜を滴らせているのに」

バスルームの中に、くちゅくちゅと湿った音が響く。明斗は荒い息を吐き、変な声だけは出すまいと心に誓う。

「辛いとか、そういうことじゃなくて……っ」

「ならば、なおさら離せない」

ヴォルフは明斗に顔を近づけ、触れるだけのキスをする。

「な……に？」

「キスも知らない年ではないだろう？　つがいへの愛を示すのに大事な行為だ。交尾も、これをしなければ始まらない。ほら、もっと口を開けて」

当たり前のように言われてつい素直に口を開けてしまう。

本体は『狼』だから、「自分はストレートだ」という気持ちが薄れるのか。

だがその後、猛烈に後悔した。

俺は気持ちよければ誰でもいい人間だったのかと落ち込む前に、息継ぎもできないほどヴォルフの舌に口腔を嘗められ、快感よりも窒息の恐怖に襲われる。

ヴォルフの下腹を何度か殴って「やめろ」と態度で示し、彼が唇を離したのでようやく呼吸が楽になった。

「痛い。明斗こそ力加減を覚えろ」

「ふざけんな。本当に効いているのかよ、くそ狼！」

息を切らしながら悪態をつく明斗に対して、笑顔で返されたのが腹立たしい。

「俺は凄く……よかった。つがいは旨い。最高に旨い」

つがいの意味は、明斗が知っている意味でいいのだろうか。もし別の意味があっても、今尋ねる勇気はなかった。

「続きをするぞ、明斗」

「もう、やめろ……っ」

声が弱々しいのはまだ呼吸が苦しいからだ。

勝手に腰が動いてしまうのは、中途半端なところでじらされているからだ。

それと、それと……と頭の中で言い訳を探しているうちに、ヴォルフの指の動きが複雑になっていく。

「ちゃんと優しく愛してやる。大事な大事なつがいだ……」

ヴォルフが明斗の目尻にキスをする。

軽いキスを何度も繰り返しながら陰茎を愛撫されて、がくがくと腰が揺れた。

「あ…あ、ああ……っ……そこ、そこは……だめだ……っ」

明斗は両手でヴォルフの肩にしがみつく。

優しく弄られる陰茎からはとろとろと先走りが溢れ、頭の中は放出することしか考えられない。明斗は「だめだ」と言いながら低く喘いだ。

「気持ちよさそうに脈打ってる」

「そういうこと、言うな……っ」

「俺の愛しいつがい。もっと気持ちよくなってくれ」

「ばか……っ、そんなことを言われても……っ」

根元から先端までを激しく扱かれた明斗は、背を仰け反らせて快感に体を震わせた。

人間の姿をした『狼』に嬲られる快感と罪悪感が、より一層明斗を煽った。

「ばか、俺……変な声、出る……っ」

「声、出して。明斗の声ならなんでも聞きたい」

突然、くびれから先端を集中的に攻められた明斗は、つま先立ちになって首を激しく左右に振る。

「あ、あ、あ、ああ……っ……ばか！　出るって……出るから……っ！」

見られながら射精をするのは初めてで、その羞恥が激しい快感となった。

正直、こんなに気持ちいい射精は初めてかもしれない。

明斗は荒い息を吐いてぼんやりとヴォルフを見る。

ヴォルフが残滓を搾り出すように半勃ちの明斗の陰茎を何度か扱いた。そして、指についた精液を口に含む。

「つがいは、本当にどこもかしこも旨いな」

冷静な感想を聞いて、明斗は物凄い勢いで暴れ出した。

「こ、こんなことっ！　こんなことするなんてっ！　ありえない！　あーあーあー！　ありえないからっ！」

「気持ちよくなかったのか？　おい」

明斗はヴォルフから目を逸らし、蚊の鳴くような声で「気持ちよかった」と言う。だが、すぐに大声で反論した。

「でもっ！　快感と感情は違うからなっ！　勝手に人のことをつがいと呼びやがって！　俺はお前のつがいになった覚えはないんだ！　しかも、ちょっと触ったぐらいで力加減を覚えたような気になりやがって！　調子に乗るなっ！　狼野郎！」

「ははは。照れるな照れるな」

「照れていない！　苦情だ！　分かったか！」

シャワーの雨が降り注ぐ中、明斗は真っ赤な顔で「返事をしろ！」と詰め寄った。

「あんなふうに感じてくれるなら……俺と真のつがいになったら……素晴らしいことが待っているぞ？　明斗」

「へ？」

「快感で攻めていくためにも、力加減をしっかり覚えなくてはな。一度ではなく、何度も試そう。もちろん協力してくれるだろう？　明斗。最初に約束した」

笑顔のヴォルフが憎らしい。

過去の自分を責めることができない明斗は、ヴォルフから視線を逸らせて曖昧に頷く。

「まずは、どれくらいの力加減なら絶対に問題ないか教えてほしい」

あれこれくどいことを言いながら、ヴォルフが明斗の手を掴んで彼の股間に触らせる。

「うわ……」

他人の急所に触れても嬉しくない。

それに、力加減を教えたらすぐに次の段階に進みそうで怖い。

さすがに今以上の行為は避けたい明斗は「これくらい、かな？」と言いながら、ヴォルフの股間にそっと触れる。

かなりのソフトタッチに、ヴォルフが「これ？」と不満を露わにした。

「大事な場所なんだから当然だ！　痛くてもいいのはそういう趣味の人だけ！」

「……このタッチで射精しろと？　この俺に？　は？」

「俺はちゃんと教えたぞ！　それと、出すときはご自分でどうぞ！」

これ以上妙な雰囲気は勘弁してほしいので、明斗は慌ててヴォルフから離れてバスルームを後にした。

「なんなんだ、あいつは」

それよりも何よりも、迫られて拒めなかった自分が情けない。

快感に負けた……と言えば簡単だが、それで済む話じゃない。

快感が芽生える前に拒めばよかったのに、できなかったのが悔しい。思い出すと腹が立つ。忘れるには衝撃的すぎて、ますます腹が立つ。

「俺は『狼』じゃないのに、つがいの匂いがするってなんだよ。くっそ！　あの馬鹿！」

頭に血が上っているとボキャブラリーは死ぬんだなと、今更ながら思った。

「誰がつがいになんてなるか。次に歌川さんが来る前に、あいつには故郷に帰ってもらおう。それが一番だ」

声を出して言って、耳で確認する。

断固たる決意を胸に、明斗は着替えとバスタオルを持って自分の部屋に逃げ込んだ。


この屋敷の中で何をしているのか、ヴォルフと顔を合わせることはなかった。

明斗はとりあえず食堂に向かい、食事の支度を始める。

業務用のような大きな冷蔵庫には野菜と肉が入っていた。牛乳の賞味期限が明日だったので、後で飲んでしまおうと思いながら、今度はパントリーに向かう。

そこでカレールーの箱を見つけたので「よし、これで決まりだ」と頷いた。

頷いてから、「狼にカレーを食べさせてもいいのだろうか？　しかしあいつは普通と違う『狼』だから……」と迷ったが、結局のところ「旨ければ食うだろ」に落ち着く。

大胆に野菜を切って、少々香辛料を使って肉を炒める。スパイスの棚には知らない名前のスパイスも多くて使いたい衝動に駆られたが、カレーに必要なスパイスはすべて市販のルーの中に入っている。

「隠れていない隠し味なんて最悪だしな……」

明斗は独りごちながら、炒めた肉と野菜を寸胴鍋に入れて、その上から水を注ぐ。

ニンジンに火が通ったところでルーを入れれば完成だ。

「あ、米」

カレーライスのライスがないととても悲しい。

さっとすすぐように米を洗って炊飯器に入れてスイッチを押す。炊き上がりは「少し硬めのもっちり」にした。あとは炊飯器が上手くやってくれる。

メインの準備はこれで終了。

飲み物は、冷蔵庫に入っていたレモンとパントリーにあった炭酸水で作った即席のレモンソーダだ。

「俺のために料理を作るとは素晴らしい下僕！　そして愛らしいつがい！　よかったらこれを使うといい」

なんだかいろいろ言葉を盛られた明斗は、うんざりしつつも、彼の持ってきたミントに「気が利くな」と笑顔になった。

レモンソーダにミントを浮かべれば、すがすがしい香りも楽しめる。

「しかし、ミントなんてどこに生えている？　庭に生えていたらミント地獄になると聞いたことがある」

「温室だ。俺が日々世話をしている。他にもいろいろなハーブがある」

「世話というか、趣味？」

「そうとも言う。で？　なんの煮物だ？　肉は当然入っているんだろうな？」

「男二人だから、カレーを作った。中辛にしたが『狼』でも平気か？」

「カレー……は初めて食べる。旨いのか？」

「うんまあ、多分。嫌いな人の方が少ない料理だし」

「それに、明斗が作ったものだからな。俺は喜んで食べよう」

ヴォルフは手伝うつもりはないようで、椅子に腰を下ろして食べる準備をする。

その脚に、クックが甘えに来た。彼女も腹が空いたようだ。

「猫め、こびを売る姿はなかなか愛らしいな」

他に言い方があるだろうに。

明斗は心の中で突っ込みを入れ、クックのために固形フードを用意する。

「俺たちの分は？　なぜ猫が先なんだ」

「まだカレーはできていないし、猫に我慢させるのかよ。酷いヤツだな」

「猫より俺の方が大事だろう？　お前のつがいの『狼』だぞ？　俺は」

「勝手に言ってろ」

ブーブーと不満を言うヴォルフに、明斗は「はいはい」と適当に流す。

どうせ堂々巡りの会話だ。相手にするだけ無駄だと、明斗は食器棚に視線を移して大きめのグラスを二つ取り出した。

美しい流線形のグラスを洗って、レモンの輪切りとミントを放り込み、炭酸水を注いだ。

「ほら。喉がスッキリするぞ」

ヴォルフの前に差し出すと、彼はためらいなく一口飲んだ。

「口の中がパチパチする。だが良い香りだ。炭酸はビールで十分と思っていたが、水もなかなかいいものだな」

「ビールかよ」

「ああ。マリとたまに飲んだ。月光や雨の降る庭を肴に飲んだり、コレクションの宝石を見ながら飲んだりと……結構楽しい時間を過ごしたものだ」

「コレクションの宝石？　伯母さんは現代美術にしか興味がなかったはず」

「甥っ子に渡すと言っていた。ヨーロッパでいろいろ集めたそうだ」

「俺がその甥っ子なんですけど。宝石ってどこにあるんだ？」

「古いものばかりだったぞ？」

「古い……？　じゃあ、一度は人の手に渡ったものなのかな」

「そうそれだ」

ヴォルフはレモンソーダを飲みながら頷いた。

「アンティークのアクセサリーはたまにヤバいものがあるんだが、でも伯母さんが遺してくれたものなら見ておくか」

「その前に食事だ。食べたら後で案内してやる」

この屋敷のことなら自分よりヴォルフの方が詳しいだろう。伯母のことだから隠し部屋の一つや二つあるかもしれない。

「そのときは頼んだ」

明斗は、空になったクックの皿におかわりの固形フードを入れ、水も用意する。

「クックもこれからは食堂でご飯だぞ？　ここは広いから、あちこちにカリカリを落として歩いたらアリが寄ってきそうで怖いから、残さず零さず食べてくれ」

「猫に言葉が通じるのか？」

「一人暮らしで動物を飼ってると、つい話しかけちゃうんだよ。それにこいつは賢いから分かるはず」

そんな深刻な話じゃないのだと、明斗は笑う。

「そうか。だが安心しろ。俺にはしっかりと通じている。賢いかどうかを問うならば、そうだな……この屋敷の図書室にある本も隅から隅まですべて読んだ。タブレットも使うぞ。インターネットで故郷を見ることもある。言語は、数カ国語を操る。俺は『狼』だ。それくらいできて当然だ」

椅子でふんぞり返って威張る姿が、ちょっと可愛い。

しかし、数カ国語を操ると豪語する割には、日本語の使い方は散々だな。

明斗は「つがいと下僕の意味をちゃんと分かっているのか？」と突っ込みを入れる。

「は！　それは俺のユーモアだ」

「下僕はやめろ。笑えない」

「俺が尊大すぎて申し訳なかった」

「あ、開き直りやがった」

「もしよければ、英語とフランス語とドイツ語で謝罪でもするか？　ラテン語でも構わんぞ？」

「日本語でいい。俺は日本で暮らしているんだ。仕事だって日本でしている」

「別に仕事など、したい連中にさせればいいだろう？　お前は俺と日々のんびり暮らせ」

「俺の仕事を否定するな。好きでやっている仕事なんだ」

「なら好きにすればいい」

「……ほんと、偉そうだよな、お前」

ここまで俺様だと、いっそ尊敬する。

明斗は感嘆の声を上げた。

「これが俺だ」

ヴォルフは両手を広げてニヤリと笑う。

Tシャツにジーンズという格好なのに、キラキラした顔面力と優雅な仕草で王侯貴族に見えた。

結局。カレーはとても美味しく出来上がって、ヴォルフは「いいな、これ」と、大きな皿に三杯もおかわりした。

食べているときの顔は無邪気で可愛いのに、食べ終わった途端に真顔で「デザートは？」と言うのが憎らしかった。

「デザートなんてあるか」

「甘い物が食べたい。甘い物。ケーキでもいい」

それは買ってこいということなのか。

上げ膳据え膳で「甘い物」と言うヴォルフに根負けして、明斗は近所のコンビニでイチゴのショートケーキを買ってきた。

「……こういうものは作れないのか？」

「菓子は作ったことがない」

「では俺が望もう。明斗が作ったケーキが食べたい。生クリームたっぷりでな」

スイーツ初心者に何を言ってるんだ、こいつは。

なのに、ヴォルフの期待に満ち溢れた顔を見ているうちに「そのうちな」と言ってしまった。

ほだされるのはよくない。相手は人ではない。都市伝説の『狼』だ。

そんなドタバタ同居生活が始まって、今日で一週間。

大きな窓から太陽光が差し込む、気持ちのいい仕事用のアトリエはようやく完成した。

ヴォルフの怪力も拝借した。

重厚なデスクを作業台とするために移動したり、研磨用のモーターを置いたり、ずいぶんと役に立ってくれた。

広さは十二畳ぐらいだろうか。以前住んでいたアパートの倍ぐらいの広さがあるので多分合っている。天井が高く採光もいいので、実際より広く見えるのが嬉しい。

伯母の宝石コレクションは、入っていた棚ごとアトリエに移動した。

それはそれは素晴らしいコレクションで、アンティーク品を「リサイクル品」と言ってはばからない明斗も、さすがに「このジュエリー凄い……」と呻いた。

石の囁きで頭の中がいっぱいになる。

どの石も物語を持っていて、それを語ってくる。

しかも、持ち主の姿もちらちらと見えてきた。

婚礼品の一つだったり、貴族が職人に作らせた物だったり。

「とりあえず、可哀相な過去の石がなくてよかった……」

そう。伯母が明斗に遺したコレクションは、今では手に入らないだろう品質の宝石を使ったジュエリーだった。

「こんなに大きいエメラルドを見たことがあるか？　明斗。初めて見たときはあめ玉かと思ったぞ。こっちのピンクダイヤのネックレスも見てみろ。素晴らしい輝きだ。こっちのは金細工だぞ。この形はヨーロッパの……」

と、ヴォルフが片っ端から説明してくれるのがありがたい。

「価値が分かるんだな、ヴォルフ」

「当然だ。俺は『狼』だぞ？　普通の狼と一緒にするな」

素晴らしいコレクションの中でも気に入ったのが、トパーズのイヤリングだ。濃厚な蜂蜜色をしたインペリアルトパーズは、ヴォルフの目の色にとてもよく似ている。

「まずは、金具が壊れていたり台座が緩い物は直したいな。洗浄もしたいけど……強度を調べてからでないと怖いから、それはおいおいだ」

「お前にはこれが似合うぞ、明斗」

こっちの話は少しも聞いていないヴォルフが手にしたのは、アクアマリンのペンダントだった。内包物が多くて深い海の色をしている。今だと「モスアクアマリン」と呼ばれる類いの石だが、明斗は心の中で「日本海色のアクアマリンか……」と呟いた。

「価値はあまり高くないが、この水色と青と緑が混ざったような不思議な色合いが神秘的。お前に似てる気がする」

俺はそんな神秘的か？　神秘的日本海か？　と照れ笑いをしたら、「俺の魅力に屈しないところが神秘だ」と言われた。

「はあ？」

「俺の力加減はずいぶんとセーブできるようになったはずなのに、仕事や家事にかまけて俺と甘いひとときを過ごしてくれない」

「それ、ヴォルフが勝手に言っていることだよな？」

「毎日言っていれば情も湧くというもの」

「湧くかよ」

ヴォルフの真顔が妙に面白くて笑ってしまう。

「俺のつがいとして、一緒に満月を迎えてくれ」

いやいや、それは迎えられないな。

凄く重大で嫌な予感がする。

明斗は「俺はそういうのは無理です！」と強く言ったのに、「では、まず添い寝から！」とヴォルフが笑顔で勝手に決めた。

「嫌だ」

「何もしなければ問題ない」

「それで済むかよ、この狼野郎！」

「信用しろ」

「できるか、馬鹿！」

「だったら、信用の実績を作るために、添い寝をしよう。はい、これで決まり！」

会話が成り立っているようで成り立っていない。壁打ちってこんなに辛いのかと明斗は改めて思った。

そしてきっと全力で拒んでもヴォルフは添い寝をやり遂げるはずだ。

だったら。

こっちはこっちで「やっぱり信用ならない」という事実を突きつけて拒めばいい。

明斗はそう思い、「仕方ない」と頷いた。

「信用実績を作る」とヴォルフに添い寝を言いつけられた翌日。

明斗は彼の腕枕で目を覚ますと、ベッドの天蓋を睨んでため息をついた。

クックが掛け布団の上から明斗の腹を圧迫するように丸まって寝ているのも、不愉快に輪をかけた。

重くて寝返りが打てない。

「クック、重い。どけ」

明斗は上半身を起こすと、わざと腰を捻った。その拍子にクックは一回転して床に転がり落ちる。

彼女は猫らしく見事な着地を見せると、ベッドを支えに後ろ足で立ち上がり、明斗に抗議の声を上げた。

その抗議に答えたのはヴォルフだ。

「俺が昨日、ちゃんとクック用ベッドを作ってやったじゃないか？　なのになんで人の上で寝る？」

「お前は人じゃなくて、狼男」

「狼男ではなく『狼』だ」

「あ、そっか……じゃないっ！　ヴォルフも邪魔！　俺の腰に抱きつくなっ！」

「抱きついているだけで何もしていない。俺の愛らしい獣耳やふさふさの尻尾を愛でたくはないか？　ほら、見てみろ。とてもモフモフだ」

「う……っ」

「最高の触り心地だぞ？」

「それは知っているが……目が覚めたから起きて食事の用意だ」

明斗はそう言って起き上がりドアに向かうが、いつの間にか自分の前を歩いていたクックを蹴ってしまった。クックは抗議の低い声を上げ、明斗の向こうずねに何度も愛の頭突きをお見舞いする。

「ごめんな、クック」

「猫め。頭突きが愛情表現とは、なかなか可愛いな」

ヴォルフも体を起こし立ち上がった。

ふさふさの尻尾をゆっくりと振りながらぐっと伸びをする。

その、揺れる尻尾が大変立派なのに愛らしい。所々寝癖がついてあさっての方向を向いている毛など、丁寧にブラッシングしてやりたい思いに駆られる。

そんな気持ちを胸に秘め、明斗は「今朝は和食にするか」と言った。


伯母が生きていた頃は、食材は彼女が用意していたそうだ。

用意といってもネットスーパーで買って配達という、今時の方法だ。

明斗は「動きたいし、時間もあるから買い出しに行く」と決めている。

先日もヴォルフのために大量の肉を買ったが、彼の食べっぷりが見事すぎて、あんなにたくさん冷凍庫にあった肉がもう僅かしかない。

「また買い出しに行かないと……な」

明斗は、巨大なだし巻き卵を載せた皿をテーブルに置き、そう思った。

「そろそろ俺のためにケーキを作る気になったか！」

「いや、肉とか肉とか肉……とにかく肉を買わないと……」

明斗は山盛りの丼飯とわかめと豆腐のみそ汁をテーブルに並べ、最後に納豆と漬物を置いた。

クックはいつものようにテーブル下で、一足先にカリカリと音を立てて朝食を食べている。

「今日は午後から休みにする。食料の買い出しに行ってくるけど、一緒に来るか？」

明斗は席に着くと、日本茶の用意をしているヴォルフに尋ねた。

「俺は昼間に外に出たことがない」

「え？」

「この顔だぞ？　人間が群がって大変なことになる。夜の外出も大変だったんだ。屋敷までついてこられたら事件が起きる。俺が美しすぎるから」

真顔で言うことか。

いや、分からなくはない。

ヴォルフのキラキラした容姿を太陽の下で見たら、それはもう凶器だろう。また、美の基準がヴォルフになったら、この先生きていくのに苦労するに違いない。

「注目されるのは困るな。親族にまた何か言われるかもしれない。俺は静かに暮らしたいのに……」

「俺も明斗と一緒に買い物に行きたい。新婚さんはそういうものなんだろう？　だから、せめて日が落ちてから買い物に行かないか？　俺は力があるから、お前のためにいくらでも荷物を持とう」

ヴォルフはそう提案してから「いただきます」と言った。

明斗は「召し上がれ」と返事をして、自分も箸を取る。

「卵焼きは数人分を作る方が楽だし、卵焼きっぽさが出るな」

「だし巻き卵と卵焼きは何が違うんだ？　これはだし巻きか？」

「あー……、うん。そうだな……卵焼きは甘塩っぱい。俺たちが食べているのはだし巻き卵で、だし汁を使った卵焼きだ」

「甘塩っぱいのも食べたい」

「明日な」

「……卵焼きは朝に食べなくちゃだめなのか？」

「だめじゃないけど、昼飯も卵焼きでいいのか？」

するとヴォルフは真顔で首を左右に振り「おやつだ」と言った。

「なるほど」

「昼は肉を食う。夜も肉だ。ハンバーグや豚の角煮を食べたい」

俺は何キロの肉を買えばいいんだ？　つか、面倒くさいリクエストだな。

いやしかし、と明斗は気づいた。

この世にはレトルト食品や冷凍食品がある。それならば短時間で調理可能だ。

「じゃあ今夜はハンバーグにするか」

「昼に食べたい」

「わがままだな、狼野郎が」

「『狼』のわがままだぞ？　可愛いものだ。言うことを聞け」

自分で堂々と言うところが凄い。

明斗は呆れ顔で「昼に作るのは面倒だから夜」と言い返した。

「はあ？」

「それに……面倒な客の予約が入っているから、多分……昼飯の時間は遅れる」

途端にヴォルフが思い切り鼻に皺を寄せた。

「仕事はほどほどにして、俺を構え」

「今回はどういったご相談ですか？」

明斗はアトリエのデスクに陣取り、モニター越しに相談者に話しかけた。

わざわざ窓のカーテンを閉め、部屋の明かりを間接灯だけにして、相談者の悩みを聞く。アトリエを無遠慮に見られたくなかったし、画面に余計な情報が写らない方が相談者は話しやすいのだ。

「実は……以前修理していただいたブローチに、何かよからぬものが憑いていると友人に言われて、それで急に不安になってしまって……」

相談者の女性が、ウェブカメラ越しに明斗にブローチを見せる。

よからぬものどころか、何も憑いていない。

とても綺麗なカッティングを施してある水晶のブローチだ。花びらが赤系のトルマリンで、葉はペリドットでできている。繊細な細工は銀製で、磨き上げるのに時間がかかったのを覚えている。

「私には、何か憑いているように見えませんが。とても美しいブローチです」

「ええでも、石の中に黒い点がいくつもあると言われて。そういえば最初はそんなに黒い点はなかったのかも……」

なんてこった。そりゃインクリュージョンというもので、単なる内包物だ。呪いのしるしじゃない。

明斗は「そのご友人は、何を根拠に言っているのですか？」と尋ねる。

「『そういうのが見えるのよ、私。昔からそうなの』って言ったんです。あと、彼女に預ければ私に呪いは降りかからないって。もう、怖くて怖くて」

相談者の女性はハンカチで口元を覆い、はなをすすった。

「いや、いやいや。そんなことは絶対にありません」

「灯園さんこそ、なぜ言い切れるんですか？　私は本気で怖いんです」

「石には内包物が付きものですので問題ありませんよ。それに私がすでに浄化しておいたから何にも憑かれていません。この仕事では、石の浄化作業がたまにあるんです。たまに。ええ。私の一族はそういう仕事をしている者がとても多いので、私もよく知っているわけです」

確かに洗浄という名の浄化をした。

それに灯園の一族は仕事柄アンティーク品の掃除が得意だ。それもいわゆる「浄化」の一つ。嘘は言っていない。

明斗は真顔で言ってから、笑みを浮かべて「大丈夫」と言った。

すると相談者がようやく安堵のため息をつく。

「そのブローチはとても美しい物なので、他人に見せずに自宅で飾っておくのがいいかもしれませんね。きっと家を守ってくれますよ」

「家を守ってくれる……！　凄い力がある物なんですね。私、大事にします。守り神だなんて最高だわ。ありがとうございました！　シルバーの部分がくすんできたら、またお手入れをお願いいたします！」

相談者はスッキリした表情を見せると、笑顔で通話チャットから退出した。

「は〜……話が簡単に終わってよかった！」

願わくは、あの相談者が「自称霊能者」の友人と縁が切れますように。

明斗は目頭を指で押さえて、通話アプリを終了させる。

「今の話はアレだな。あのブローチを曰く付きだと言って怖がらせて、奪い取ってしまおうという詐欺師の話だな？」

いきなり背後から声をかけられて驚いた。

こっそりと近づいてくるのはさすがは『狼』……と思ったが、心臓に悪いので「足音を立ててくれ」と言い返す。

「存在を主張しろということか。承知した。……で、今の話は」

「多分、ヴォルフの言う通りだろ。たまにこういう相談が来るんだわ。俺がするのはアクセサリーのアフターフォローだっていうのに」

大体が相談者の勘違い。

勘の鋭い購入者の相談には「あなたを守ってくれています」と言うと、みんな喜んだ。

実際、アクセサリーの石も居心地がいいから「鼻歌」を歌うのだ……なんてことは絶対に言わないが、一部のリピーターから、明斗は「不思議としっくりくるアクセサリーを作る人」といわれている。

「宝石の声が聞こえるのはお前の能力なのだから大いに宣伝すればいい」

「そんなことをしたら、一気に胡散くささが増すだろうが。俺は普通のアクセサリー作家だ。スピリチュアルは関係ない」

「使えるものはなんでも使えばいいのに。マリと血が繋がっているのに、そういうところは違うんだな」

「俺は穏やかな人生を歩みたいんです」

「俺が傍にいるのに穏やかな人生とは片腹痛い」

「ほんと、それな！　俺もそう思う」

半ばヤケだ。

ヴォルフの生態は不明だし、確認しなければならない書類が山ほどある。

宝石のように囁くどころか「俺をもっと知るがいい」と偉そうだし、「つがいになる」と強引に迫ってくる。

「……顔のキラキラしさに騙されている感満載。正体不明の生き物だよな」

「俺は『狼』だと何度も言っているだろ。それよりも、仕事が終わったら昼飯だ。ハンバーグが食べたい」

「食べることしか考えていないのかよ！」

「明斗のことも考えているが」

「あー……はいはい」

ここで怒ったら怒り損だ。

深呼吸をして落ち着こう。

明斗は「まずは買い物だ」と言った。

「日が落ちてからの買い物ならいくらでも付き合う」と言ったヴォルフを置いて、明斗は自転車で近所のスーパーまで一っ走りしてきた。

一人暮らしのときは作品作りに没頭していて、腹が減ったら何か食べるという生活だったが、二人いるとそうもいかない。

というか、食事の献立ばかりを考えているような気がする。

明斗は車寄せの横に自転車を置くと、大量の肉が入ったエコバッグを掴んで「よっこらしょ」と声を上げた。

「よっこらしょって……おっさんか。俺はまだ二十七なのに」

はははとつい笑ったところに、クックが甘え声を上げて足元に絡まってきた。

「おいクック、ヴォルフはどこだ？」

すると彼女は顔を庭に向ける。

土地も屋敷も古いから、土地の主はいるんだろうなと思っていたが、大きな虎のような生き物が見えた。でも周りの景色に透けている。

「うおー……珍しいなあれ。シースルーの虎だ。多分、無染色の虎目石だぞ。でかいから金運が巡ってきそう。尻尾も長い」

わくわくしながらシースルーの虎を観察していたが、それを掻き消すようにしてヴォルフが草むらから現れた。

「おい！　もう少し見せてくれたっていいじゃないか！　珍しいものなんだから！」

「俺の方が珍しいから俺を見ろ。虎なんぞ見ている暇があったら俺を見ろ！　そして腹が減ったから料理を手伝うぞ！」

「この屋敷の守り神か何かだったかもしれないのに……」

「単なる石の精だから、守り神じゃない」

石の精ときたもんだ。

都市伝説の『狼』の言うことだから、明斗はそのまますると納得する。

「はー……なるほどー……それにしても、あんなでかいのは初めて見たわ」

「マリのコレクションのどれかから、気まぐれで抜け出してきたんだろう」

美術品から抜け出る動物の話となると、何かの古典にあった気がする。

明斗は後でインターネットで検索してみようと思った。

「じゃあ、これからもああいうのを見るかもしれないってことか？」

「ああ。俺はたくさん見ているから、明斗も見るだろう」

「動物だったらいいけど、意味不明の生き物だったらちょっと驚くかも」

地球侵略をしそうな形は勘弁してほしいなと思っていたら、ヴォルフが軽々とエコバッグを持った。さすがは『狼』。というか、スマートで感心する。

「よーし、これからハンバーグの時間だ」

「力加減の分からないヤツは黙って見ていてくれ。挽き肉は俺が捏ねる」

軽やかな足取りでキッチンに向かうヴォルフの背中に釘を刺した。

「……どうも上手くできん」

手にした途端に割ってしまった卵を前にして申し訳なさそうに肩を落とすヴォルフに、明斗は「手伝いの気持ちだけ受け取るよ」と言った。

「ほんのついさっきまでは、問題なかった」

「映画の中の狼男は、満月が近くなると強力になるって話だし、気にするな。そこに座って大人しくしていてくれ。もしくはクックと遊んで待っていろ」

「狼男ではないが、分かった。あ、晩飯はミートボールパスタがいい」

「昼飯もこれからだってのに、もう夜の話かよ！」

「満月になったら、食事どころの騒ぎじゃないからな。食えるときに食っておく。しかし、だ。自分の力が上手くセーブできないとなると……いろいろと難しい。こんなことは初めてだが、つがいと迎える初めての満月ならさもありなん。浮かれているな、俺」

嫌な予感しかしないので、聞かなかったことにする。

明斗はタマネギを粗みじんにして炒め、それが冷める間にパン粉を牛乳に浸す。

肉百パーセントのハンバーグよりも、つなぎの入ったハンバーグの方が食感が軟らかいので、『狼』には申し訳ないがこの方法で作っていく。

本来なら小判形に形成してフライパンで焼くが、そんなちまちま作っていられないと、オーブンのトレイにアルミホイルを敷き、その上につなぎ入りのハンバーグ種をトレイいっぱい詰めた。キッチンのオーブンが大きくてよかった。

「豪快だな」

「一気に焼けるからいいだろ。余ったらハンバーグサンドにする」

「それも旨そうだ」

思わず狼耳が出たヴォルフは、耳を揺らして嬉しさを表現する。放置されたままのクックは、ヴォルフのジーンズにバリバリと爪を立てて存在をアピールした。

巨大なハンバーグを焼いている間にレタスを手でちぎってボウルに移す。

グラスを二つ用意して麦茶を注ぎ、クックには餌と水を与える。

「このままではフォークも曲げてしまいそうだ」

「そんなに力の加減ができなくなったのか？」

「お前のせいだぞ、明斗。良い匂いをさせているから」

「俺はそんな変な匂いはしない」

「つがいの匂いがどんどん強くなっている。ヤバいな、これは……」

「どうヤバいんだ？」

「……満月の契りでつがいを食い殺した『狼』がいる」

明斗は真顔で三歩ほどヴォルフから離れた。

前に「『狼』にかまれたら狼男になる？」と聞いたときに複雑な表情をしていたのは、これの前振りだったのか？

「あ、いや、待て！　正確には、腹を満たさずに契りを交わした結果、だ！　だがロマンだろ？　自分の腹に収めたいほどつがいを愛していたのだ！」

「それはロマンと言いませんから。……というか、満月の夜は一人でお過ごしください。俺は命が惜しい。まだやりたいことも山ほどある」

「俺が明斗を食らうわけがない！　大事なつがいだ！　ようやく見つけたつがいだ！　そんなもったいないことができるか！」

そんなことを言われても、ヴォルフが勝手に言っているだけだ。過ちだって一度だけだし、いつでも引き返せる。

「盛り上がっているところを申し訳ないが、力のコントロールができない相手とは、誰であっても性行為は無理だ。俺が死ぬ。瀕死も嫌だ。そもそもつがいになってない」

「本当に、お前は頑固だな！　俺のつがいになりたい『狼』は掃いて捨てるほどいたのに！」

「うんうん。つがいは同族にしておけ」

「つがいの香りがしない者を、つがいにはできない。それが『狼』の本能だ」

「俺はお前のことをモフモフの耳と立派な尻尾を持ったキラキラ人外、ぐらいにしか思っていないから、もっと知る必要があるのかもな。満月のたびに家具や食器を破壊されたら困るし、同居人のことはある程度知っておかないと。つがいは別として」

「俺のことを知りたいなら、書類ではなく俺の口からいくらでも伝えてやる」

「もっとこう……客観的に知りたい」

「なんだそれは」

拗ねたヴォルフがテーブルを叩いたら大きなヒビが入って、明斗は「おい！」と大声を上げた。

広い屋敷でテーブルは他の部屋にもあるからと、ヴォルフが細心の注意を払って新しいテーブルを用意し、そこでハンバーグを食べた。

こんな大きなハンバーグを作ったのは初めてで、そもそもハンバーグと呼んでいいのか分からない料理だが、ちゃんと中まで火が通っていたし、溢れる肉汁が食欲をそそった。

食べたい分だけ切り分けた。

ジューシーでとても旨かった。

「昼だし、腹八分目にしておくか」と言って、ヴォルフはさっさと食べ終わったと思ったら、後片付けもせずに食堂を出た。

力の加減ができないままで食器洗いなどさせられないから仕方がない。

明斗は「まあいいか」と軽く頷き、空の皿をまとめて洗った。


明斗は本当なら仕事をする時間だが、ヴォルフに関する書類の残りに目を通すことにした。茶封筒には「ヴォルフ」と書かれていて、ずしりと重い。

この中に彼に関する事柄が記載されている。

「面倒くさくて細かいことが書いてあったからスルーしていたけど、いつまでもスルーはできないからなあ……」

　明斗はつい書類に向かって独りごちる。

　中身を出そうとしたときに、ヴォルフが「ちょっと無理だ」と言いながらズカズカと部屋に入ってきた。

「何が無理なんだ？」

「明斗のいい匂いが、俺を誘惑する。ほんの少しでいいから、ぎゅっとさせてくれ」

　顔のいいヤツは、Tシャツとジーンズだけでも様になるんだなと感心した。

　が、格好良く両手を広げられても、その腕の中に飛び込むわけがない。力任せに締めつけられて瀕死の重傷を負う。

「それこそ無理だ」

「では、ここならどうだ？　俺を助けろ」

　ヴォルフが両手の人さし指で唇を指した。

「なんなら、尻尾も出そう」

　狼のモフモフ耳と立派な尻尾を持った、キラキラな美形が「これでどうだ！」と凄んでいる。

「可愛いけど無理」

きっぱり断った。

なのにヴォルフは諦め悪く実力行使に出た。

「うわっ！」

ヴォルフに素早く腕を掴まれる。まさに目にも留まらぬ速さ。

明斗は自分が小動物になった気がして、冷や汗を垂らす。

「力加減は……努力した。痛くないだろう？」

掴まれた左手は少しきつい感じはしたが痛くはない。

「い、痛くないけど……これはもしや味見か？　味見だろ？　味見だな！　つがいにしたら食うんだろ？」

食べるなら頭から一思いに。意識がある状態で食われるのは嫌だ。

明斗は心の底から「食うなら一気にいけ！　弄ぶな！」と叫んだ。

「違う！　そんなもったいないことを誰がするんだ？　キスをするのは味見じゃなくて、いや、ある意味味見といえるか、ふむ」

ヴォルフがニヤリと意地悪く笑って、頬を引きつらせる明斗を見た。

「そんなに怯えるな。可愛い。愛らしい。さすがは俺のつがい」

逃げないようにとでも思っているのか。今度はそっと抱きしめられる。

相手は『狼』で、気遣いがなければ明斗は全身骨折の瀕死の状態になる。

「ほら、ちゃんとこうして抱きしめられる。震えなくていいぞ？　明斗」

「こっちはいつ骨を折られるか分からない状態だから、そりゃ震えるって！　あと俺はまずいぞ。そもそも人間は食っても旨くないという……」

「だから！　お前を食ったりしない！　それに万が一食ったとしても明斗は旨いに決まっている。俺のつがいなのだから」

物騒なことを言われているにもかかわらず、明斗はなぜか心臓が高鳴った。ヴォルフの体臭が、とてもいい匂いだからではない。

これってアレだろ。吊り橋効果ってヤツだろ？　このドキドキは生死に関わることで、断じてときめきではない。ああでも、なんでこんなに良い匂いなんだ？

頭の中で、戸惑いがぐるぐると走り回っている。勘違いのときめきなんて、脳がバグっているとしか考えられない。早く正常な思考に戻ってくれ。

と、心の中で叫んでいるところに、ヴォルフがまたしてもアクションを起こした。

細心の注意を払って明斗の耳をそっと噛んだのだ。

「ひぃぃええええぃ！」

「……もっとこう艶やかな声を出せ」

「できるか！　この状態で！」

「愛情を込めた甘噛みだ」

そんなものはいらん！

明斗は口をパクパクと動かすだけで、声が出てこない。

「命の危機だと思っていると、より一層強く香るのだな。とても良い香りで、酔ってしまいそうだ。しかも今夜は満月……」

自分の耳元で何度も深呼吸をする男を見ていて、自分だけが危機感を募らせているのはしゃくに障る。

「お前は信じられないほどお気楽だな」

するとヴォルフは「心外」という表情を浮かべ、今まで存在していた狼耳を一瞬で引っ込めた。

「お気楽なものか。いろいろ考えている。外見を気にしているなら、これだ。獣耳と尻尾をしまえば人間と変わらん。ただの、目がくらむような美形の男だ」

「自分で言うか？」

「事実だろ」

ヴォルフに乱暴にソファに押し倒される。

「ここ、元は伯母さんの部屋の一つだぞ！　故人に敬意を払え！」

「彼女も分かってくれる」

ヴォルフが明斗の胸に顔を押しつけて、甘えるように何度も匂いを嗅いだ。

その行為が妙に恥ずかしい。

「明斗に関しては、力加減はちゃんとできたようだ。これで何をしても大丈夫。特に今夜！　満月は繁殖の夜だ」

明斗は「やめろ」と低い声で言って、無邪気に笑うヴォルフの頭を叩いた。

明斗は「満月が～」を繰り返すヴォルフを放って、気分転換に風呂に入った。

頭の中のごちゃごちゃした感情まで綺麗さっぱり洗い流すことができればよかったのだが、そう簡単にはいかなかった。

それでも気分転換にはなったのでよしとする。

「クック。踏むって！　踏む踏む！」

風呂上がりに決まってまとわりついてくるクックを、蹴り飛ばさないように気をつけて、明斗は辺りを見回した。

お気に入りのソファには誰もいない。

そもそも明斗が風呂に入っているのに、ヴォルフが「一緒に入る」と言わないなんておかしい。

言われたら言われたらで嫌だが、スルーされるのも嫌だ。

「あれ？　ヴォルフは？　どこに行ったんだ？」

半袖Tシャツと短パンに着替えて「ヴォルフ？」と呼んだが返事がない。

夜になったし、涼みついでにコンビニまで一緒に行こうと思ったのに。

クックは短い尻尾をピンと立てて明斗の脚にまとわりつき、彼を見上げて「うおぅぉぉん」と鳴く。

「どこに行ったか教えてくれているのか？」

明斗はクックの前にしゃがみ、彼女の小さな頭をそっと撫でた。クックは「なーん」と甘え声を上げると彼から離れ、階段の柱でバリバリと爪を研ぐ。

「わー！　それはやめろっ！　爪を研ぐなら段ボールっ！」

クックは動きを止めて明斗を見つめる。怒られたから場所を変えて爪を研ごうとしたのか、階段裏へと走った。

「クック！」

明斗は顔をしかめてクックを追いかける。

だがクックは爪を研いでいなかった。何かを隠そうとしているのか、それとも何かを発見したのか、前足で床を掻いていた。

「毛玉でも吐いたか？　……ん？」

銀色のもやのようなものがうっすらと見える。ヴォルフがここにいた形跡だ。

クックが床を引っ掻くたびに、チャリチャリと金属音が聞こえる。彼女は床を引っ掻くだけでなく、時折くんくんと床の匂いを嗅いで「わーう」と鳴いた。

「ちょっとどけ。どーけっ！　ああもう、邪魔だ！」

明斗は、四肢を踏ん張っているクックを荷物のように抱き上げて脇に寄せると「金属音の元」を発見した。

「真鍮の取っ手だ……。しかも……綺麗に磨いてある」

この床板はドアのようだ。明斗はためらいなく取っ手を掴んで引っ張る。

「床下収納……ってわけじゃなさそうだ。ここだな。ヴォルフが下りていった気配が残っている」

照明がないので手探りだ。古ぼけた小さな階段をゆっくりと下る。

ひんやりと湿った空気はカビ臭く、風呂上がりの明斗の体にまとわりついた。

地下室というか、半地下だな。カーテンを閉め切った小窓がある。うっすらと月明かりが差し込んでいる……。

思ったよりも広い石造りの部屋に、ベッドが一つ。

明斗はしばらく部屋を観察していたが、そのうち「ああそうか」と口を開く。

「ヴォルフ。満月だからってこんな場所に閉じこもるのは卑屈じゃないか？　俺に対して乱暴を働かないなら逃げなくても平気だろ？」

部屋の隅にいる「気配」に向かって声をかける。

「なんでここを見つけた。無視していればよかったものを」

壁にもたれて両足を投げ出しているヴォルフが、呆れ声を出した。

「満月ならパワーアップのために飯を食えよ。これから肉を焼くからさ。ミートボールも作ってやるよ」

「肉は大事だが……今はそれより大事なものがある」

「俺を食うなよ？　お前の自制心に期待する」

明斗はヴォルフの言葉を無視して彼に近づき、腰に手を当ててため息をついた。

「こんな隠し部屋があるとはな。他にもいろいろありそうだ。……ほら、上に戻るぞ。肉を食べよう」

「あー………いや、今夜はいい」

「何を我慢しているんだ？　ん？　俺に傍にいられちゃ困ることでもあるのか？」

薄暗いままではヴォルフの表情がよく見えない。明斗は小窓にかかっていたカーテンを開けた。

半地下の部屋に満月の光が降り注ぐ。

「なんで……カーテンを開けたっ！」

月光を浴びたヴォルフの姿は大きな『狼』で、喉の奥で低く唸っている。

「うわ……本当に『狼』だ。いや、『狼』より大きくないか？　毛並みもいいな」

狼は動物園でしか見たことがないが、目の前の神々しい存在とは少し違う。

明斗は月光でキラキラと輝く『狼』に見惚れた。

まるで生きた宝石だ。

ダイヤのように輝くと思えば、翡翠のようなみずみずしい艶もある。目の色はインペリアルトパーズで爪は真珠のように白い。ふさふさとした体毛はオケナイトによく似ている。

なんて美しいんだ。

明斗がその姿にときめかないはずがなかった。

「写真に撮りたい……っ！」

スマートフォンを取りに戻ろうとした明斗は、ヴォルフに押し倒されて床に転がった。

「待て。行くな」

「いったー」

「すまん。だが、俺の傍にいろ」

ヴォルフが、体を起こした明斗の首筋に顔をうずめ、「つがいの匂いがする」と言った。

「いやいやいや、ここにいるのはいいが何もしないぞ？」

とても美しい『狼』だが、異種族での繁殖行為は絶対に避けたい。明斗のモラルが警笛を鳴らす。

「当たり前だ！　この姿は野山を疾走するときのもの。つがいとの愛の営みは人の姿で行うものだ！」

ヴォルフがガッと牙を剥いて怒鳴った。ふんすと鼻を鳴らして怒っている。

「なら、よかった」

心底よかった。大事があっても『狼』相手では力でかなわない。

「この姿に戻ったのも久しぶりだ。やはり俺は美しいな」

「それには同意する」

「では、人の姿に戻って愛の営みをしよう」

「は？」

目の前で、宝石のように美しい『狼』が、全裸の男に変わった。

全裸かよと突っ込みを入れる前に、やすやすとベッドに放り投げられる。

「何をする」と言う前に荒々しく口づけられた。

「ん、ん……っ」

ただ嘗めるのとは違う、口腔の感じる場所を探り出すヴォルフの舌の動きに、明斗は背

を仰け反らせてくぐもった快感の声を上げた。

ただのキスでこんなに感じるなんて信じられない。

何もかもに感じてしまう初体験のような気分だ。

「んっ……んん……っ……んぅ……ん……っ」

明斗はキスをされただけで、体を震わせて果てる。だが彼の雄は萎えていない。吐精で染みを作った短パン越しに、くっきりと形を浮かび上がらせていた。

「キスだけで達したな。さすがは俺のつがいだ。互いの濃厚な匂いに当てられて興奮する。今の明斗は信じられないほどいい匂いがする」

「俺よりも、お前の方が匂うだろ。『狼』は満月になると良い匂いになるのか？」

ヴォルフの目が見開かれた。

何を驚いているのか分からない。

「明斗……俺の匂いが分かるとは……真のつがい……！」

「え？」

「つがい同士の匂いはとても心地がいいものだ。どうりで『狼』の中に俺のつがいがいなかったはずだ。こんな極東の島国にいたとは。しかも人間とは！　人生とは驚きの連続だな！」

ヴォルフの話に「そんなわけがあるか」と突っ込みを入れられなかった。

確かに明斗は今、ヴォルフの匂いに感じている。こんなこと、生まれてこの方一度もなかった。

にわかには信じがたいが、明斗にとってもヴォルフは大事なつがいということだ。

「マジかよ……」

伯母の思惑通りに事が進んでいるような気がして、ちょっとしゃくだ。

「力加減は明斗が心配することはない。俺に任せろ」

「い…意地の悪いことは……しないよな……？」

「安心しろ」

「嘘じゃない？」

「嘘じゃない」

ヴォルフは、明斗を安心させるように彼の額に優しいキスをすると、そのままキスをする位置をずらす。

額、頬、顎とキスをされながらTシャツを脱がされる。まだ触れてもいないのにほんのりと赤く勃ち上がっている乳首を片方、優しく吸われた。

「あ……っ」

明斗は切ない声を上げて体をこわばらせる。だがもう片方の乳首も吸われると、体の方が先に従順になった。

心の中では「なんでこんなに素直なんだ俺は」と混乱している。

だがヴォルフに触られるだけで、そんな混乱はどうでもよくなった。

とにかく彼に触れられ、彼の匂いを嗅いで気持ちよくなりたい。それだけを欲した。

「お、俺は……っ」

それでも下着ごと短パンを脱がされるときには、口から「違う」と声が漏れる。

「すぐに慣れる。快感に浸れ。つがいの営みは苦しいことは何一つない」

「俺…また、くそっ、出る……っ」

唾液に濡れた乳首を両方の指でつままれ、小刻みに弾かれながら、明斗が感極まった声を出す。

「我慢は快感に繋がるぞ」

「だめだ……苦しい……。苦しくて……体の奥が溶けて……なくなりそう……っ」

明斗は下腹を撫でながら、腹につくほど硬く勃起して先走りを滴らせている陰茎をヴォルフに見せつける。

「くそ、俺は……何をしているんだ。気持ちよくて、頭がおかしい……っ」

「満月に浸れ、明斗。いくらでもよくしてやる」

ヴォルフの低く艶のある声が耳に心地いい。

「あ、あ…っ！」

乳首を軽く弾かれたそれだけの刺激で、明斗は二度目の射精をする。精液は下腹にとどまることはなく脇腹を流れてベッドシーツに落ちた。

「おかしいぞ、俺の体。なんでこんな……」

「積極的に感じるのはつがいだからだ。俺の明斗。可愛い」

ヴォルフは明斗の頬を両手で包み、顔の輪郭を確かめるように撫でながら言った。

「二十七の男に、可愛いは、ちょっとない」

「三十年も生きていないなら、可愛いで十分だ。ほら、脚をもっと広げて。俺に何もかもを見せろ」

「う……っ」

明斗は顔を真っ赤にして、ヴォルフの前で脚を大きく広げる。ヴォルフは明斗の腰が浮き上がるように広げられた両膝を掴み、M字に固定した。

「あ……」

精液で汚れた股間と、自分でさえ見たことのない場所を見つめられている。

「明斗」

目を閉じて顔を伏せても、ヴォルフのねっとりとした熱い視線がそこを見つめているのが分かった。

視姦されている恥ずかしさと、どうしようもない体の疼きに、明斗はいたたまれない気持ちになった。

「もっと気持ちを楽にしろ。そんな深刻なものじゃない」

ヴォルフは明斗の腹にキスをして、息がかかるほど間近で彼の股間を観察する。

吐精で濡れた黒い茂み。またも先走りを溢れさせている陰茎は、ひくひくと脈打って愛撫を待ち望んでいた。ふっくらと盛り上がった袋の下には後孔が見える。

明斗が羞恥に耐えているのを知って、ヴォルフはわざとじっくり見つめた。

「ヴォルフ、も、いいから……さっさと触れ……っ」

異種族との恋愛やセックスは「ないわー」だったはずなのに、満月の日にヴォルフの匂いを嗅いだ途端にこのありさまだ。

だが、それが正しいことだと言われて明斗は安堵する。

このどうしようもない快感の波が本能だというなら、満月の間は本能に身を任せようと思った。

「ああ、なんて良い香りだ。俺のつがいの香り。絶対に忘れない。忘れようがない……」

ヴォルフはふわりと微笑んで、明斗の股間に顔をうずめた。

「え？　あ？　……ヴォルフッ！　そんな、あ、あ、あぁ、あ、ああっ！」

否定の言葉より先に、明斗は歓喜の声を上げた。ヴォルフの唇と舌は、明斗のもっとも弱い場所を丁寧に攻め、じらし、追い詰めていく。

「人間は、そう、なんども……射精なんて……っ」

ヴォルフは明斗の言葉を無視して、彼の雄を刺激する。

自分の吐精とヴォルフの唾液で濡れそぼった股間が、月明かりに光って見える。

「ヴォルフ、待て、そこは嘗めなくていいっ」

雄と袋を丹念に嘗めるだけでなく、後孔まで嘗められ、明斗は声を上ずらせた。

明斗は、ここに快感があるのは雑学でしか知らない。だからヴォルフの舌が後孔を嘗めるたび、「本当に気持ちがいい」と、どうしようもない快感にビクビクと腰を浮かせて反応した。

ヴォルフは明斗が感じるのが嬉しいのか、わざと音を立てて嘗め出した。

「そんなこと……もう……いいから……っ、ヴォルフ……っ」

そこを嘗められて陰茎から先走りが溢れるのが恥ずかしい。はっきりと拒絶できない自分も恥ずかしい。でも、この気持ちよさはなくしたくない。

満月の『狼』に翻弄されて、身も心も従ってしまう。

「あ……っ！」

膝を押さえていたヴォルフの右手が外され、筋張った長い中指で後孔を貫かれたとき、明斗は衝撃と快感で達してしまった。

「こんなことで……」

後孔の刺激だけで達して明斗の息が上がる。

気持ちよすぎて苦しくなってきた。

「まだ結構量が出るな。今夜一晩で出し切れるのか？　ん？」

「意地が……悪い……っ」

「悪くない。快感に染まった明斗を見たいだけだ。満月の営みはまだまだ続くぞ？」

その声に背筋が快感でぞくりとする。

ストレートだと思って疑わなかった自分が、ヴォルフの匂いと愛撫に蕩けていく。

背徳感がたまらない。

「自分がこんなに快感に弱いとは、思わなかった」

「違う。俺のつがいだから、俺に触られて感じているんだ。誰でもいいわけじゃない。俺に対してだけの反応だ、明斗」

独占欲が剥き出しのセリフだが、「誰でも」ではなく「一人だけに」と言ってもらえると、なんとなく心が軽くなる。

「恥ずかしいヤツだ」

「愛の言葉を囁かれることに慣れろ。俺は常にお前に愛を語りたい」

「好きにしろよ。……というか、指。体の中が、なんか、変なんだけど」

「つまり、もっと気持ちよくなりたいと。承知した」

ヴォルフは小さく頷き、明斗の後孔を貫いていた指を動かし始める。

「んっ、ぅ、いきなり動かすなよ……っ、あ、あ、あ、ヤバい、これヤバい……っ」

「そうだな、気持ちがいいな？」

ヴォルフが楽しそうに明斗の敏感な部分を執拗に攻め立てた。

「なんで、俺、こんなこと初めてなのにっ、くそっ、だめ、だめだ、指、指でイくっ」

後孔を指で貫かれ、その指が二本、三本と増えていく。明斗は肉壁を突かれる快感と圧迫感を同時に覚えて混乱し、両手で顔を押さえて泣き出したいのを堪える。

「こんなとこ弄られてイくなんて……っ、も、だめだ、体が言うこと聞かない……っ」

後孔を貫かれて勝手に腰が揺れる。快感と羞恥で頭の中が真っ白になる。

「俺にしがみつく方が楽だぞ、明斗」

明斗は顔を上げてヴォルフに手を伸ばす。溺れる人間が助けを求めるように、彼の首に両手を回した。

「ああ、もう……っ」

「もっと気持ちよくしてやるから、体の力を抜け」

「そんなのいいから、イかせろ！」

「深呼吸して、深呼吸」

「う……」

明斗は素直に何度も深呼吸を繰り返し、その隙にヴォルフが後孔から指を引き抜く。そして今度は陰茎をあてがった。

「お、おい」

「満月の、つがいの営みだ」

ヴォルフが明斗の片方の足を持ち上げて、ゆっくりと体を貫いた。

「そこまで許した覚えはないぞ！　おい、何を突っ込んでんだ、馬鹿！　だめだ、それはだめだ！」

「だめじゃない。明斗も俺がつがいだと認めた。ずっと探し続けていたつがいなんだ。満月の営みを続けさせてくれ。いいだろう？　明斗」

美しい顔でお願いされて、明斗の心が揺らいだ。

挿入されているのに痛くないことも幸いした。

異種族とのセックスで自分が受け入れる立場になるとは夢にも思わなかったが、体はもう愛される快感を覚えてしまった。

しかも、ヴォルフの匂いがさっきよりもずっと濃厚に香り、それがまた心地よくて、明斗の体を敏感にさせる。

ヴォルフの陰茎が奥に進むたびに口から切ない声が漏れた。

「ほら、もう俺をすべてのみ込んだ。ここにいるのが分かるか？」

ヴォルフに右手を掴まれて、下腹を撫でさせられる。

「分かったから、さっさと、お前も気持ちよくなれよ。俺だけ気持ちよくなっていたら、不公平だろ」

気持ちよくてあられもない姿で喘ぐのが自分だけなんて悔しい。

明斗はヴォルフを見上げて「ほら」と挑発する。

「その顔、嫌いじゃないぞ」

ヴォルフが目を細めて笑う。

腰を掴まれて、揺さぶるようにして突き上げられる衝撃に目の前に星が散った。

気持ちよすぎて、はしたない言葉が口から出た。

そのたびにヴォルフも興奮し、一層乱暴に攻められる。

ヴォルフに射精されるたびに体の中で甘い衝撃が弾け、股の間から名残の精液が滴り落ちた。

すぐに復活するヴォルフに強く腰を掴まれて少し痛みを感じるが、それさえ快感になっていく。

「発情しているな、明斗」

ヴォルフの動きに合わせて腰を揺らしていたら、そんなことを言われた。

「俺は人間だから、『狼』のお前とは、違う……っ」

「『狼』ではないが、確かに発情している。俺の匂いに興奮して、際限なく達している」

「あ…っ、あ、あ、あ、ああああっ、ヴォルフッ、もっと中まで寄越せ……っ」

明斗は肉壁の感じる場所を連続して突き上げられ、首を左右に振って「気持ちいい」と繰り返す。彼の雄はビクビクと震えて先端から先走りを溢れさせるが、もう射精はしない。

ただひたすら肉壁で快感を追う。

突き上げられるたびに頭の中が白く弾ける。

ヴォルフが瞳を淫らに光らせて、明斗にこれ以上ない快感を注ぎ込もうとしていた。。

「少し乱暴になる」

「それでいいっ」

ヴォルフが噛みつくようなキスを明斗に与え、繋がったまま体を起こす。そして明斗は今度は自分が彼の体をまたぐ格好になった。

汗と精液で濡れそぼった体が、満月の明かりに照らされて白く光る。

「いい格好だ。可愛い」

「馬鹿」

明斗は体を後ろに反らせて腰を動かし、結合部をヴォルフの前に晒す。

「俺のつがいはこんなに積極的だったのか」

ヴォルフはごくりと喉を鳴らし、明斗の乳首を強く引っ張った。明斗は嬉しそうな甘い声を上げて腰を浮かせる。

「満月の営みだから、人間の俺だってこうなるんだろ？」

明斗はヴォルフから視線を逸らせて自分の指で雄に触れる。そして、先走りが溢れている先端にあてがい、指の腹でスライドさせた。

「こうすると……凄くいい…っ」

くちゅくちゅと粘り気のある湿った音を響かせながら喘ぐ。

ヴォルフは明斗の腰を掴むと、力任せに下から突き上げた。

明斗は唸り声のような低い声を上げたが、苦痛は感じていない。むしろ、明斗に与えられる乱暴な愛撫に喜び、もっと寄越せと挑発する。

「は、ははっ、お前の中に欲情の最後の一滴まで注ぎ込んでやる……っ」

「ん、あ、ああ、くそ、腹の中が……熱い……っ」

明斗は首を左右に振り、ヴォルフの腹の上に射精した。

量はもうそれほど多くはないが、快感の余韻は続くらしく、明斗は体を震わせる。

ヴォルフは射精に至らず、またしても体位を変えた。

「え……？」

体を離され、腹ばいの格好になった明斗は「何をする」とヴォルフを見上げる。

「もっと深く堪能したい」

ヴォルフが明斗の腰を高く持ち上げ、すっかり柔らかくなった後孔に陰茎を挿入した。

「ん、うっ！」

「夜明けになるまで、二人でこうして愛欲をむさぼろう」

明斗は改めて腰を掴まれて、ヴォルフの囁きに目を閉じた。

明斗はふわふわのベッドの中で目を覚ました。いつものように、ヴォルフに腕枕をしてもらっている。

俺は確か、満月のときに使う部屋にいたはずなんだけど……。ヴォルフがここまで連れてきてくれたのか？　しかも汗臭くない。この年になって、誰かに風呂に入れてもらうなんて恥ずかしい……。

だが明斗は、もっと恥ずかしいことをしたのを思い出して体をこわばらせた。

昨日は、いくら満月だったとはいえ、とんでもないことをしてしまった。

つがいと認めたわけではないのに、なし崩しに行為に及んだ。

明斗は顔を上げ、ぐっすりと眠っているヴォルフの顔を見つめた。

目の下にうっすらとクマができているが、綺麗な顔に変わりはない。

何度見ても見飽きない綺麗な顔をしている。見るだけではなく、その鼻筋を指ですっと辿ったり、長いまつげにマッチが何本乗るか試したくなったり、白銀に輝くサラサラとした髪に顔をうずめたくなる。

明斗はヴォルフの寝顔を見ているうちに、昨日散々自分を翻弄した唇に触りたくなった。が。

「うあぅ……わふ……っ！」

ヴォルフはいつの間にか『狼』の姿になり声まで違う。

「ヴォルフ……」

ヴォルフが申し訳なさそうな顔で鼻を鳴らす。

「『狼』が本当の姿ってことを身をもって教えた？　でも俺は嫌いじゃない。いやむしろ大好きだ」

ヴォルフは耳を伏せたままだ。

「昨日と違って喋れないのか。そうか……しかし……」

明斗はゆっくりとヴォルフの首に両手を回し、いきなり力任せに抱きしめる。

「なんて可愛いんだっ！　その、黒く縁取りされた小さな目っ！　ふさふさの毛に覆われた体、尻尾！　散歩に行くか？　散歩っ！　俺は昔から、猫と犬を一緒に飼うのが夢だった！」

ぱふん。

ヴォルフは大きな肉球で明斗の肩を押し、「そういう問題じゃない」とばかりに彼を睨んだ。

「あ、ああそうだな。俺としたことが気が動転していたらしい。ところで、元に戻れないのか？」

よしよしとヴォルフの首や胸を撫でる明斗の元に、クックがやってきた。彼女はくんくんとヴォルフの匂いを嗅ぎ、自分の鼻を彼の鼻に押しつける。

その、ほのぼのとした可愛らしい光景に、明斗は笑みを浮かべた。

クックはヴォルフの鼻に、親愛なる優しい猫パンチをすると、彼の首を嘗めて毛繕いを始めた。

ヴォルフは両前足を突っ張らせて口の端をぴくぴくと動かすが、クックの好意を無碍にするわけにはいかず、必死に耐える。

「話せないのは少し不便だが、いつもの調子で話されても困るからむしろちょうどいいかも？」

明斗の呟きに、ヴォルフは何か閃いたらしい。ひらりとベッドから下り、窓際のデスクに向かう。そして出しっぱなしのボールペンとノートを床に落とした。

「なんだ……？」

ヴォルフは自慢げに明斗を見て、ボールペンを口に銜えて頭を動かす。

『これでどうだ？　イシのソツーはもんだいない』

姿は狼でも中身はいつもの自分だと明斗に知らせたいのか、ヴォルフが続けて文字を綴った。

「何を書いてる？」

明斗は裸のままベッドから下り、シーツを腰に巻きつけて彼の元に足を向ける。クックもその後に続いた。

『きのうのあきとは、とてもあいらしくて、いやらしくてさいこう、だった』

「…………ほう。器用だな。ボールペンでなく、俺のノートパソコンを使ってみるか？あー、だめだな。一回キーを押したら、四つぐらい文字が出てきそうだ」

明斗はヴォルフの書き込みを綺麗に無視して、キーボードを叩いているところを想像して頬を緩める。

『おれのあいは、むげんだい。おまえは、おれのだいじなつがいだ』

「なあなあでつがいになるとか、ありえない。だから昨日のアレは、昨日だけの特別だ」

明斗はそう言ってヴォルフの耳の後ろを優しく掻き、「朝ご飯を食べよう」と笑った。

日は高く、蝉の鳴き声が騒音となって響き渡る。

クックはひんやりとしたキッチンの床にだらしなく寝転んで昼寝をし、ヴォルフは庭のパトロールに向かった。

『犬と一番違うのは、長くて細いその脚だな。ただ細いだけじゃない。この太ももと同じ、鋼のような筋肉だ。その脚で、大きな体を支えている。いや、美しい』

明斗はヴォルフの体をブラッシングしている最中、ずっと褒め称えた。それこそ、ヴォルフが「もっとだ、もっと！」と四肢をジタバタさせるほど称賛した。

明斗は今、買い出しに出て屋敷を留守にしている。『狼』のヴォルフは買ったばかりの肉を平らげてしまったのだ。そして彼は、未だ狼の姿のままだった。

ケーキを買ってくると言っていたので、どんな物が来るのか楽しみに待っている。

ずいぶんと目線が低くなったヴォルフは、長い鼻で草花を掻き分けて庭を進む。

のびのびと草木が生い茂った庭には、半透明の生き物や羽虫のような妖精が飛び交っている。

半透明でキラキラ光っているのは大体が宝石の分身で、日光を浴びながら気持ちよさそうに漂っている。

妖精たちは蜂と一緒に花の蜜を集めたり、池に足をつけて遊んでいたりする。

ヴォルフはそれをのんびりと見つめて、あくびをして目を閉じた。

この屋敷と土地は古くて、人外にとって居心地がいい。

それに新たな主は石や金属で宝飾品を作ることを生業としている。

そのうち、妖精だけでなく手先の器用なドワーフたちも姿を現しそうな予感がした。

どれだけ眠っていたのか。

ヴォルフは片方の耳をぴくりと動かして外門に向ける。そして鼻を鳴らした。

明斗の足音が聞こえる。明斗の匂いがする。

ヴォルフは勢いよく立ち上がり、素晴らしい跳躍を見せた。

「明斗、よく戻った！」

狼姿のヴォルフが初めて発した言葉は、明斗の名前だった。

外門に鍵をかけて車寄せまでのアプローチに足を踏み入れた明斗は、嬉しそうな顔で自分に走り寄ってくるヴォルフの姿に、目を丸くした。

「明斗っ！　そのいい匂いのする箱はケーキだろ？　どんな物を買ったか俺に見せろ！」

ヴォルフが、明斗の右手に持った大きな箱に顔を寄せ、くんくんと匂いを嗅ぐ。

「ヴォルフ……」

「両手に大荷物じゃ重いだろう？　俺が持ってやる。早く屋敷に入って、ケーキを食べさせてくれ！」

明斗は頰を引きつらせ「素っ裸で俺の帰りを待っていたとは」と笑い出すのを堪えている。

「お？　おお！　今朝のあれはなんだったんだろうな！　つがいとの愛の営みで体が驚いてしまったということか？　それもまたよし！　美しい人間の俺になれた」

ヴォルフは一糸まとわぬ自分の姿を見下ろし、獣耳と尻尾を出して威張った。

「ここが庭でよかったな。門の外なら、変質者が出たと大騒ぎになっていたぞ」

「そうだな。俺の魅力に惑わされた人間が……」

「どうでもいいから、早く服を着ろ」

真顔で怒ったら、ヴォルフが一瞬だけ黙った。

「今更恥ずかしがる間柄でもあるまい」

「着ろ。嫌なら『狼』の姿に戻れ」

「仕方がない」

ヴォルフは瞬く間に『狼』の姿になり、着替えるためにスタスタと屋敷に入った。


清潔だが着古したTシャツと色あせたジーンズに着替えて食堂に走ったヴォルフは、自分の目が信じられずに両手で頬をつねった。

痛い。これは夢じゃない。

目の前には、イチゴと生クリームでデコレーションされたケーキと、ダークチェリーに彩られたチョコレートケーキ。うっとりするような三角すいを作っているモンブラン。そして、白鳥の形をした大きなシュークリームには小さなプリンが飾ってある。

ホールケーキではないが、一度にいろんな種類を食べられる方が楽しいだろうと思い、明斗は箱に入るだけ、数種類を一個ずつ買ってきた。

冷蔵庫の中にはあと二つ、イチゴのミルフィーユと洋梨のタルトが入っている。

「これは……素晴らしい……！」

「いろいろ買ってみた」

「これは……まさか俺が一人で全部……食べていいのか？」

ヴォルフの声と、ケーキを指さす手が震えていた。

「どれか一つは俺が食べる」

明斗は二人分のコーヒーを用意する。

「マリが見たらダイエットの敵と言って卒倒しそうだ」

「大げさなんだよ、お前は。それよりも先に言うことがないか？」

明斗は自分の席に座り、両手で頬杖を突いて唇を尖らせる。

「え……？」

ヴォルフは席に着いて「いただきます？　か」と首を傾げた。

「買ってきてやった俺に『ありがとう』は？」

その言葉を聞いたヴォルフは、右手にフォークを掴んだまま真顔になる。

「大義だった」

「なんだよ、それ。まあいいか。はい、召し上が…」

明斗が最後の「れ」を言う前に、ヴォルフはイチゴのショートケーキにフォークを突き刺して一口で食べようと思い切り頬張った。

誰も取りやしないのに。あーあー、ケーキの周りのフィルムまで一緒に口の中に入れちゃって。

明斗は冷静にコーヒーを飲みながら、浮かれたヴォルフを観察して微笑ましく思った。

「うむ。美味！」

フィルムを口から出して元気よく感想を伝えるヴォルフの横で、モンブランを食べた明斗は「初めて買った店だが当たりだな」と頷いた。

「明斗、口にクリームがついている」

そう言って、ヴォルフが明斗の口の周りについたクリームを、舌で丁寧に嘗め取った。

その丁寧な舌の動きに、昨夜のことを思い出してぞくりとする。。

「最高だ。これ以上に旨いケーキはこの世にない」

ヴォルフはそう言って、なおも明斗の唇の端を嘗める。

「お、おい」

明斗は大人しく明斗の愛撫を受けたままフォークをテーブルの上に置き、気持ちを落ち着かせるために深呼吸をする。

「唇を嘗められて感じたか？　それとも、満月の営みを思い出したか？」

「違う」

「じゃあ、どうしてそんな赤い顔をしている？　しかもとても強い香りがする。いい匂い」

「違う。ヴォルフが変なことをするからだ」

明斗は強引に顔を背けて切ないため息をつく。だがクックと目が合って無性に恥ずかしくなった。

「クック、あっち」

明斗はクックに、半開きになっている食堂のドアを指さす。生クリームを嘗め損なったクックは、少し恨めしそうな顔で明斗を見上げたが、「ふん」と小さく鼻を鳴らして食堂から出ていった。

「な？　賢い猫だ……じゃないっ！　何をするっ！」

明斗は、よっこらしょとテーブルの上に乗せられて悪態をつく。

「明斗をうんと気持ちよくしてやるんだよ」

「テーブルの上に尻を乗せるのはいかがなものか」

「そういう背徳行為をしてもいいと思っている。愛故に。お前は俺のつがいなので、いつでもどこでも愛したい」

「確かに昨日はよかった。最高に気持ちよかった。だが、それはそれだ。俺はヴォルフとどうこうなろうとは思わない」

「……マリと違うな。血が繋がっているのに」

「は？」

「マリはよく俺に『恋愛は頭で考えているだけじゃ先に進まない。行動よ』と言った。彼女もそれを実行していた。なのに明斗、お前ときたら」

目の前で大げさにため息をつかれた。

どうして期待に応えられないのと言わんばかりのため息だ。

「時間をかけて互いを知るのは大事だろ」

「恋愛は避けようのない事故のようなものだ。いつどこで恋の穴に落ち、愛の沼に沈むか分からない。時間をかけて知っていくのは好みのセックスのやり方だ」

うわー、堂々と言いやがったー。

なんでこいつは、こんなにも自信に満ち溢れているんだ。俺は毎日穏やかに過ごして波風を立てたくないと思っているのに。

「俺は別に……恋愛は……」

「いい思い出がないようだな。だが俺と出会ったからには、この先は薔薇色の日々だ。安心するがいい」

　何が安心だよ。

　明斗は心の中でサクッと突っ込みを入れる。

「まあうん……いろんなものが見えたり聞こえたりすると、人間の嫌な部分も見えるから面倒くさい。だから関わるのは仕事だけでいい。その方がスッキリする」

「だから、俺で問題ないということだな？　俺は明斗と同じ世界を見ることができる」

　ああ、そうだ。

　この『狼』様は、そうだった。いろんな物が見えるのだ。

「でも、相手が……同性……」

「それがなんだ。つがいの絆の方が大事だ」

　単純故に難しい。

　明斗は「体の付き合いが先っていうのがな……」とため息をつく。

「それこそ大事だろうが。一番大事だ。体の相性は！」

「それは分かるが。なんで俺なんだよ……つがいの相手が……」

「理由が必要な恋愛は、恋愛ではない。突然にして理不尽なのが恋であり愛だ。二十七年も生きていれば分かるだろうに。明斗はもしや経験値がとても低いのか？」

「失礼だぞ！　おい！」

人並みに恋人はいたし、セックスも経験している。

ただ、こういう体質なので、最後は「灯園君ってなんだか怖い」「顔はいいけど、ちょっとね」と、「綺麗な訳あり物件」のような扱いをされて関係が終了した。いつもいつもそうだ。

「あ」

しかし、たった今気づいた。

ヴォルフ自身も「綺麗な訳あり物件」ということに。

物件というか「訳ありキャッスル」ぐらい言わないと釣り合いが取れないというか、とにかくヴォルフは、人間から見たら大変な訳ありだ。

「うわー……気づきたくなかった。無視していたかった」

「なんだなんだ。一人で考えずに俺に話せ」

「うんまあ、面倒くささのベクトルが人間と違うので、つがいの件は前向きに検討できるかなと思った」

ヴォルフが眉間に皺を寄せて首を傾げる。

「何を言っている」

「二十七年間ストレートとして生きてきたんだ。葛藤はあるだろ」

「時間の無駄だ」

いや最後のあがきは大事だろ。そういうもんだろ。でなかったら、「つがいの関係」なんて無理だって。

心の中で次から次へと言い訳が出てくる。

それをシャットアウトするかのように、明斗はテーブルに押し倒された。

「満月は終わったが、まだ月は丸い」

「その前に、真っ昼間だ」

「こんな明るいところで俺に愛されるのは恥ずかしいか？」

本人は至って真面目だろうが、明斗には言葉攻めにしか聞こえない。

「恥ずかしいというか、その……」

昨夜の快感を思い出すと体が勝手に期待した。

「よし。続きをしよう。俺はいつでもどこでも、明斗を愛してやりたい」

ヴォルフがキスの雨を降らせながら明斗のTシャツをたくし上げる。そして、まだ柔らかな乳首を指の腹で撫で回した。

「ん……っ」

体が昨日の愛撫を覚えている。明斗は目尻を真っ赤に染め、「嫌だ」と言えない自分に腹を立てた。

「物覚えのいい体だ。素晴らしい」

ヴォルフの指に撫でられ、軽く弾かれるたびに、明斗の二つの乳首は赤く色づいて硬く勃ち上がる。胸への愛撫で、下肢はジーンズを押し上げるほど形を変えた。

「ああもう、なんなんだよ……俺の体は……っ」

「俺は、お前が俺なしじゃ生きていけなくなるようにしたい」

熱い囁きも愛撫になる。明斗は瞳を快感で潤ませ、首を左右に振る。

しかしヴォルフの動きは止まらない。上手く抵抗できない明斗の下肢からジーンズと下着をずり下ろして両脚を大きく左右に広げた。

「明るいとよく見えるだろう？　見てごらん、明斗。お前は昨日、俺にここを扱かれ、嘗められて泣きながら『気持ちがいい』と言ったんだ。『もっと嘗めて』『弄って』とも言ったな。とても可愛かった」

思い出すだけでも恥ずかしいのに、羞恥が徐々に快感に変化する。明斗は唇を噛んだ。

ヴォルフは明斗の頬に優しいキスをする。

「そのまま脚を広げていろ」

「え？　おい、これはちょっと……」

それでも、明斗はTシャツを胸までたくし上げられ、下肢を露わにしたまま目を閉じた。見られているだけなのに、彼の陰茎は硬く勃起し、陰毛に雫を垂らそうとしている。

「苦しい……っ」

「苦しいじゃなく、『感じてる』って言うんだよ」

「何もされてないのに感じるかよ」

「ならば、昨日みたいにされたいか？」

悪魔の囁きだ。だが明斗はためらった後に、小さく頷いた。

気持ちのいいことはすぐに覚える。それは人間も人外も変わりない。

ヴォルフが明斗の乳首を口に含みながら、勃起している陰茎を両手を使って愛撫した。

「んっ……んう……っ…」

乳首を転がすように嘗められ、ふっくらと盛り上がった袋を揉まれながら陰茎を扱かれる。同時に三カ所を攻められた明斗は、恥ずかしさに小さな声を上げて悶えた。

「あっ、あ、ああ……っ、んん…っ」

交互に嘗められた乳首は、ヴォルフの唾液で濡れて光り、一回りも大きくなる。指に弄り回された陰茎は、先端から溢れる先走りでとろとろになった。

自分の体が、ヴォルフの愛撫を受けるだけの肉塊になってしまったような気がしてならない。

「気持ちいいだろう？」

明斗は顔を上げ、指で苛めている彼の下肢に視線を移して微笑んだ。

「気持ちいいよ。くっそ……っ、いい匂いさせやがって。頭がくらくらする」

明斗は両手で顔を覆い、悪態をつく。

「俺も、明斗の匂いに惑わされる。最高の匂いだ。だがな、つがいでなければ全く何も感じない。つがい同士でなければ、互いの匂いに興奮することはないんだ」

「人間をつがいに持つ『狼』は他にいるのか……？　んっ、ぁあ」

後孔を指先で突かれた明斗は、陸に打ち上げられた魚のようにびくんと震えた。

「いるよ。今はどこに住んでいるか分からないが」

明斗の後孔に、ヴォルフの指が一本ゆっくりと挿入される。

「は、ぁ、……いてよかった」

「つがいの相手に性別の差はない。いろいろなつがいが存在する。『狼』は長命だからこそ、つがいのあり方も変わっているのだ」

そういうものなのか。

明斗は後孔を優しく攻められながら、ヴォルフの話を聞く。

こんな状態ではちゃんと頭に入るか分からないが、体はヴォルフの愛撫を望んでいた。

「はっ、あ、あ……っ、指、ばっかり……っ！」

「明斗。『狼』は情が深い。常に愛するつがいのことを考えている。技巧に長けていくのも、その一環だ。夜の営み、とりわけ満月の営みは大事だ。俺が大陸にいた頃は、みなどれだけ自分のつがいを喜ばせられるか、競っていたよ」

「それって、みんながいるところで、セックスしていたってことか？」

「ああ。そうでなければ、歓喜の声が聞こえないだろう？　また、つがいのいない者同士で技巧を磨く。いつつがいと出会ってもいいようにな」

「じゃあヴォルフも、そうやって、その、こんな上手く、できるようになったのか？」

中を掻き回す指が二本になった。

ヴォルフの指は的確に、明斗の感じる場所を攻め立てる。

「んっ」

痛いほど勃起した陰茎は先走りを溢れさせて、触ってくれとひくひくと動くのに、ヴォルフは明斗の中を攻めるのに夢中だ。

「いろんな『狼』を、相手に、俺にしているようなことを、したのか？　……んっ」

「それは今話すことか？　それとも明斗は、過去の練習相手に嫉妬しているのか？　だとしたら可愛いな」

「最初に話したのはそっちだろ」

「聞き流すところだぞ？」

「ちょっとした好奇心……だったんだけど、なぜか、ダメージを……」

いきなりヴォルフが笑い出した。

この状態で失敬だ。

「悩む間もなく、俺たちは立派なつがいだということだ。なぜ分からない？　明斗」

「つがいじゃないし。ちょっと待て。俺は認めない。違う違う」

「口ではそう言っていろ」

「だから、俺は……っ」

その後明斗は、上機嫌のヴォルフに散々攻められて大変な目に遭った。

明斗が伯母から継いだ屋敷に越して二週間ほど経った、ある日の夕方。

一仕事を終えた明斗のスマートフォンが着信音を響かせた。

『いかがですか？　明斗さん。ヴォルフとは上手くやっていますか？』

そろそろ暮らしが落ち着いただろうと、弁護士の歌川が気を利かせて電話をしてきた。

「どうにか。あの尊大さには最初参りましたが」

『それはよかった。あなた方の相性に関して、マリさんもずいぶん気にしていたんです』

「あー……そうでしたか」

明斗が小さく笑ったとき、仕事部屋のドアを乱暴に開け、クックを抱っこしたヴォルフが大声を出した。

「俺がキッチンの戸棚にしまっておいたチョコレートッ！　明斗が食べただろうっ！　最後の一枚だったたっ！　あれは期間限定の特別なものだったんだぞ！　罰として晩飯は豚の角煮だ！　明斗の味付けは旨い！」

大声に驚いたクックに爪を立てられながらも、ヴォルフは彼に罵声を浴びせる。そして眉間に皺を寄せたままきびすを返した。

「……今の声、もしかしてそっちに聞こえました？」

『すべて聞こえました。ずいぶんと仲良くなりましたね－』

「なんかまあ……いろいろ慣れたというか、人間と一緒に暮らすより、人外と暮らす方が気が休まるというか……そんな感じです」

俺もある意味、一般人からしたら「人外」なんだろうなあ……。

と思いつつ、明斗は小さく笑う。

『よかった』

「関係性も少しずつ前進してます。多分。安心してください」

『君も一族との関わりで苦労しましたからね。その屋敷の生活が楽しければいつまでもそこで暮らしてください』

歌川のささやかな笑い声が電話口から聞こえてくる。

「ははは。……ところで歌川さん。つかぬことを伺いますが」

『なんでしょう』

「この屋敷に、ヴォルフ以外の人外が現れるという現象は以前にもありました？」

『さあ。私と父は代々灯園家のお世話をしていますが、そういう見えないものはノータッチです』

「そうですよねー」

『異変が起きているんですか？』

「異変ではなく、俺を屋敷の新しい主と認めてくれたような？　なんかそんな感じです」

『でしたら問題なしということで』

歌川の苦笑に、明斗は物足りなさを感じた。

「そうだ！　ヴォルフが『狼』に変身したところを見ました。あ、違う！　『狼』に戻ったところだ。普通の狼とは違いました」

明斗はデスクの上の予約用紙にペンで犬の絵を落書きしながら嬉しそうに言う。歌川が犬好きなら、絶対に羨ましがるはずだ。

『えっ！　どうでした？　ふさふさでした？　肉球の匂いは嗅ぎましたか？　鼻面を口の中に入れて遊びましたか？』

「肉球の匂いを嗅いだり、鼻面を口の中に入れて遊ぶのは猫を飼っている人間だけじゃないんですか？」

『ほほう。猫も飼い主に肉球の匂いを嗅がれるんですか。初めて知りました』

飼っているのは猫と犬で違っても、どちらにも肉球がある。

いつも穏やかな歌川が、浮かれた声を出しているのが珍しく、彼の新たな一面を見られて嬉しく思った。

「たまに、無性に肉球の匂いが嗅ぎたくなるんだよな。クックは嫌な顔をしているけど。そうか、犬にもやっていいのか。今度ヴォルフが狼になったら肉球の匂いを嗅いで、嫌な顔をされようと思います。楽しみだ」

『ヴォルフ狼はさぞかし美しかったでしょうね』

「はい。キラキラしていました。一目で違う『狼』だと分かりました」

『今度そちらに伺ったら、私も見せてもらいたいものです』

「俺が頼めば大丈夫だと思います。それに歌川さんは恩人の一人だ。ヴォルフが嫌がる理由がない」

『それは嬉しい。では、来月にでも予定を空けますので、よろしくお願いします』

「はい、こちらこそ。わざわざお電話ありがとうございました」

明斗はスマートフォンを持ったまま何度も辞儀をして通話を終了させる。

今の電話はちょっとした気分転換になった。

仕事を再開しよう。

今回の仕事はクライアントがデザイン画を持ち込んだもので、イメージ通りの石を用意するところから始まるのだが、そこが悩みどころだ。クオリティーがよくてもクライアントが「違う」と言ったら変えなければならない。

こだわりは大事なので、明斗もとっておきの石を出して応えようと、改めて心に決め、試作品用のワイヤーを丁寧に扱いた。

盆が近づくと、みな「見えない何か」に突き動かされるのか、明斗の仕事もタイトスケジュールになった。

指が痩せたりその逆でのサイズ変更や、切れたチェーンの直し、顧客曰く「お里帰りよろしくお願いします」とアクセサリーのクリーニング、糸替え。などなど。

それと同時に「相談」も多くなる。

宝石が生き霊や怨念に取り憑かれているという相談は、大抵が思い込みなので、まずは安心させることが大事だ。それでも不安がる客には明斗がクリーニングを提案する。

クリーニングをすれば購入したてとはいかないが、かなり輝きを取り戻す。

そうするとみな勝手に「浄化された」と思うのだ。

「本当に……あの、浄化って言葉は簡単だがやっかいだ」

最後のウェブ相談を終えたところで、明斗は椅子に沈み込んでため息をついた。

「明斗。門の戸締まりは済んだぞ」

ヴォルフはクックを引き連れて仕事部屋に入りながら、報告する。

「おう、ご苦労さま」

指で目を押さえる彼の額に、ひんやりと冷たい何かが載せられた。

「ん？」

「濡れタオルを冷凍庫に入れて冷やしておいた。明斗の仕事は目が疲れるんだろう？　よかったらマッサージもするぞ？」

「俺の骨を折ったりは……」

「力加減は完璧にマスターした。もしものときは俺に任せろ」

「分かった。……そろそろ晩飯の支度をしようか」

とりあえず、鶏肉は二羽を丸ごと、オーブンに突っ込んであるから大丈夫。

最近のヴォルフは「鶏肉は体にいいという」と真顔で言って、鳥ばかり食べたがる。

鶏だけでは飽きるかもと、レトルトの七面鳥やアヒルを取り寄せたこともあるが、ヴォルフは「明斗が味付けした鶏が一番旨い」と言った。

唐揚げはいくら作っても横からつまみ食いされてキリがないので、精肉店の唐揚げを購入している。

買う量が量なので予約しているうちに、気づいたら常連になっていた。

家族経営の精肉店はヴォルフの大ファンで、最初は「この子が、あの量を？　ペロリと？」と驚かれたものの、今ではすっかり仲良しだ。

そのうち、ヴォルフの美形っぷりに目をつけたモデル事務所や芸能事務所が名刺を持って待ち伏せをするようになったので、今は明斗が買いに行っている。

「そういえば、門の外に望遠レンズのカメラを持った男がいて、撮られたかもしれん」

「え？」

「人の姿だったから問題はないと思うが」

「問題あるだろ。美形の盗撮だ。ネットに流れたらコラージュ画像を作られることもある。『この美形は誰？』なんてテレビ局からインタビュー依頼が来るかもしれない。そんな面倒な目に遭ったらどうする」

明斗は悪い方悪い方へと考えてしまうが、ヴォルフは「そういうときこそ、弁護士の歌川の出番だろう」と言って終わりだ。

「でも、ほら、誘拐されたら……」

「この俺を誘拐だと？　できるわけがあるか」

偉そうに腕組みをして言い切るヴォルフの前で、明斗は「そうですよねー」とそっぽを向いて笑う。

「そんなに心配なら、『狼』の姿で出歩こうか？　みな大型犬と思って終わりだ」

「いや、いやいやいや！」

大型犬にしては大きすぎますって！　普通の狼なら「狼犬」で通せるけど、ヴォルフは『狼』だから無理がある。

「そっちの方がテレビ局がやってくるからだめだ。危ない」

「仕方がないな。俺の美貌で明斗を悩ませてしまうとは。今夜はいつも以上に頑張ろう」

「いや、そういうのいらない。そもそも一週間は七日しかないのに、一週間で七回以上のセックスはないわ！　俺の仕事に響くだろ！　狼野郎！」

「愛より仕事を取るのか、お前は！」

「そういう関係でしたっけ？　俺たちは！」

「つがいの匂いに反応しているのに、全く煮え切らないヤツだ！　だがそんなところも愛しいと思う！　なので今夜は……」

話がループに入ったので、明斗は「さて、晩飯の支度だ」と会話を打ち切った。

八月納品の殆どが盆前というスケジュールを乗り越えた明斗は、アトリエの床に転がって寝ていた。

これからはこんなことがないよう、年末の予定は、分かりやすくサイトのトップページとSNSに書いておこうと心に決めた。仕事が増えたのは嬉しいが、それで体を壊しては元も子もない。

納品数は多くないがクオリティーに命をかけているアクセサリーなので、購入者への納品にも神経を使うし、ヴォルフが「手伝う」と言っても一人で梱包をやり遂げた。

体がボロボロになりながら近所の郵便局で配送手続きをして、帰宅したらこのざまだ。

途中で黒翡翠とオニキスとブラックトルマリンのケースを倒して、泣きそうになりながらより分けたのも、今となってはいい思い出だ。石の声が聞こえる体質で本当によかったと思う。

「走馬灯じゃないよな……腹減ったし眠いし……どうしよう」

ベッドに行く時間も惜しいというより、足がもつれて倒れたまま寝ていると言った方が正しい。

もう少ししたら夕飯の時間だから、きっとヴォルフがやってくる。そしたらカップ麺にお湯を入れてもらって臨時に腹を満たそう。いやでも、あいつはお湯の沸かし方を知ってたっけ？

そんなことを考えながら床に寝転がったまま天井を見ると、小さな蜘蛛の巣の横にヤモリがいた。

古い屋敷だからな……と思って視線を横に向けたら、窓の外で何かがキラリと光った。

「もしかして、あれ」

あれが望遠レンズなら盗撮じゃないかと立ち上がろうとして、目眩でまたしても床と仲良くなった。

このアトリエなら盗撮されて困るものはないが、それでも気分のいいものではない。

警察に通報するか、それとも歌川を呼ぶか。

「どーするよー……」

掠れ声が出たと同時に、窓の外で野太い悲鳴が上がった。

それと同時にクックの威嚇する声。

クックの威嚇だけで野太い悲鳴が上がるだろうか。いやそれはない。明斗はよろめきながらも立ち上がり、必死で窓枠まで辿り着く。

窓の外には一頭の『狼』と猫がいた。彼らの足元には高価そうなカメラ。

「マジか」

クックはまだ全身の毛を逆立てて興奮している。

「どうやら俺を盗撮しようとしていたらしい」

『狼』がそう言って「ふふ」と笑った。

「……そうか。警察に通報しないとな。その前にヴォルフ、人の姿に戻ってカップ麺を作ってここまで持ってきてくれ。これ以上は腹が減って動けない」

「カップ麺？　俺は掃除はできるが湯を沸かしたことはないぞ？　火が危ないってお前がいつも言ってる」

ああもう、そうでしたね！　教えなかった俺の馬鹿！

明斗は心の中で己を罵り、その場に蹲る。

「明斗、死ぬな！」

ヴォルフが物凄い勢いで屋敷の中まで駆けて、蜂蜜の容器を銜えて明斗の元に戻ってきた。

「キッチンに行くだけの元気は出てきた。糖分って大事だわ。ありがとうなヴォルフ」

「当然のことだ。そして今度俺に湯の沸かし方を教えろ」

「そうします。……つか、まずは通報しないとな」

よろめきながらデスクまで歩き、スマートフォンを掴んで警察に通報する。

最寄りの派出所からすぐに警察官が来てくれるそうでよかった。

「とりあえず、ヴォルフは人の姿になって。あと、余計なことは喋るな。クックを抱っこして大人しくしていろ」

「承知した」

明斗はしっかりと釘を刺しながら蜂蜜を嘗めた。


カメラは警察に押収された。

こっちはもちろん被害届を出した。ストーカーだったら命の危険も考えられるし、ネットにアップされた場合は、ヴォルフの顔がワールドワイドに広がって万が一『狼』だとばれたら一大事だからだ。メモリーにはヴォルフだけでなく、登校途中の女子高校生の写真もあったそうだ。恐ろしい。

犯人は捕まっていないので気をつけてくださいとも言われた。

近所のパトロールは強化されるそうだが、いい機会だから人間がやすやすと侵入できない門に替えようと思う。

「……とはいっても、メーカーとか工務店とかよく分からないから、ここは歌川さんを頼ろうか」

広い屋敷に二人きりだと、本能のなせるワザか、集まる場所は自然と食べ物のある場所になる。明斗とヴォルフはキッチンで麦茶を飲みながら、スマートフォンで家のフェンスを検索していた。

「俺が警備をすれば済むことでは？」

「そしたら今度は、この屋敷に変な噂が立つだろ。屋敷の周りを大きな動物が歩き回っていてヤバいって」

「失礼な」

「ヴォルフを心配しているんだから、俺の言うことを聞いてくれ」

「愛を感じた……俺は素直に従おう」

「愛じゃなくて、ほら、そうじゃなくてさ、一緒に暮らしているから、心配してんだよ！」

「んふふー。そういうことにしておこう。愛しのつがいよ」

「その言い方やめろ。恥ずかしい」

「仕事が落ち着いたところで、この屋敷の探索でもしないか？　屋根裏部屋もあるし、図書室もある。ずっと閉めたままの客間もある。俺は特に興味がないから放置していたが、地下室は一つではない」

好奇心が刺激された。

アンティークはリサイクル品と思っていても、宝探しはまた別だ。見つけることに意義がある。というか、使っていない部屋がそんなにあるなら、しっかり換気をして掃除をしないと家が長持ちしない。

「空気の入れ換えをしないと。あと、掃除。いっそ自動掃除機を何台か買うか。でも階段があるんだよな」

殆ど足を踏み入れていない二階を思いながら、明斗はため息をつく。

「シェアハウスというものにしても構わんぞ？　そうすれば、俺たちがどれだけ仲がいいか自慢できる」

朗らかに微笑むヴォルフの前で、明斗は絶対にシェアハウスはしないと誓った。

「ドアを閉めっぱなしにしているからカビ臭くなるんだよな。いっそ、使わない部屋のドアを外してオープンにしようか？」

「それだと屋敷としての格好がつかない」

「あー………そっかー」

腕組みをして悩んだところで、窓ガラスが突如砕け散った。

「なんだ？」

「これは、石を投げ入れられたな。でかい石だ」

「マジか。危険じゃないか。じゃあまた警察のお世話に？」

「まずは歌川に連絡するのがいいと思うぞ」

「分かった」と明斗が頷いた矢先、今度は違う部屋でガラスが割れる音がした。

「なんなんだくっそ！　この家のガラスは特注だから高いんだぞ！」

「外に誰かいる？　クックはガラスが危ないからこっちに来るな！　くっそ、この屋敷が土足厳禁じゃなくてよかったわ」

明斗はまず現場の写真を撮って、木製のロッカーから箒とちりとりを取り出すと、割れたガラスを手際よく集めてちりとりに入れる。

それからスマートフォンを持って、証拠を撮影するために音がした部屋に向かう。

「待て、明斗。俺が行く。お前では鼻が利かない」

ヴォルフの足元でクックがシャーシャーと怒っている。彼女にも分かったのだ。誰かがこの屋敷に入ったことが。

「全くふざけんなっての」

明斗は一階の奥にある、バスルーム隣の部屋に向かう。

最初はそこをアトリエにする予定だったが、思ったより狭かったので今は納戸代わりに使っている。引っ越ししてからまだ開けていない段ボール箱が三つほどあるだけの部屋は、窓ガラスが割られているだけでなく窓が全開していた。

「マジか」

証拠写真を撮っていたら、背中に何か硬い物を突きつけられた。

ただの棒ならいいが、刃物だったら大変なことになる。

「おい、俺の家になんの用だ？」

「僕は写真を撮りたいだけだったのに！　なんで邪魔するんだよ！」

できるだけ冷静に声をかけたらヒステリックな声が返ってきた。

「写真って？」

「この屋敷に住んでる綺麗な幽霊だよ！　僕には分かるんだ！　あの幽霊はこの屋敷にと

られているから解放してやらなくちゃ！」

　この手の人間に下手な反論は危険だ。

　明斗は「その幽霊の姿形は？」と肯定するように聞いた。

「白銀の髪に、蜂蜜のような目の色。あんなに綺麗な霊を見たのは初めてだ！　絶対に助けないと！　浄化してあげないと！」

　また「浄化」かよ。ふざけんな。

　明斗はうんざりしつつも、「そうだったのか」と頷いてみせる。

「あんたは最近ここに越してきて知らないんだろうけど、前からいたんだよ！　浄化するところを動画配信して人気者になるんだ！　そして僕の有能霊能力者としての未来が始まるのさ！」

　どんな姿か分からないが、声が肩より下から聞こえてくるので身長はそんなに高くなさそうだ。

　動画うんぬんと言っているなら、きっと何かで撮影したのだろう。

「浄化するのは構わないが、不法侵入は困るな」

「だって、これは秘密の浄化作業だから誰にも知られちゃだめなんだ。よくあるだろ？　無許可で廃屋を探検する動画とか！」

そんなの知るか。

明斗は心の中で突っ込みを入れつつ、ヴォルフが警察に通報か歌川に連絡していることを祈る。

「だからあんた、黙って見ててよ。俺が霊を解放する瞬間をさ」

「それはいいけど、ガラスは弁償して」

「はあ？　僕のカメラをぱくっといてそれはなくない？　あのカメラとレンズ、全部で百万円近くしたんだけど！　あ、それも回収していくわ。どこ？」

「派出所かな。警察官が持っていったから」

「何してくれたんだよっ！」

背中に衝撃を受けるとともに前につんのめる。

数歩よろめいて振り返ると、見たことのない高校生ぐらいの少年がいた。身長は一六〇ぐらいで、小太り。黒い野球帽、サングラスに黒のジャージを着て、手にはバットを持っている。

あれで背中を叩かれたのか。痣になるわ、絶対。くっそ。

明斗が舌打ちすると「何偉そうにしてんだよ！」と怒鳴ってバッドで床を叩いた。

そこに、ヴォルフが駆けつける。

「歌川に連絡をした」と言いながら現れたヴォルフは『狼』の姿で、少年は「巨大犬の霊！」と叫んでスマートフォンを向け、動画を撮り出す。

「明斗、大事はないか？」

「いや。ちょっと背中を叩かれただけだ。平気平気」

「なんだと……？　俺の大事な伴侶に……っ！　この人間が！」

あ、この展開はヤバいな。

唸り声を上げるヴォルフに、明斗は「落ち着け」と声をかけた。

「何お前ら、キモいんですけど！　もしかして二人はクリーチャー？　だったら霊の浄化より凄いじゃん！　僕が倒してやる！　このバットには清めの塩をかけてあるんだぞ！」

少年のバットが明斗に向けられた瞬間、ヴォルフが動いた。

「だめだ！　ヴォルフ！」

人間にかみついたらただでは済まない。医師がかみ傷を見たら大型の動物にかまれたのだとすぐに分かる。大事件になったらヴォルフは捕まるか追われるかのどちらかで、とにかく最悪なのは確かだ。

ヴォルフが、明斗の左腕にかみついた。

正しくは、明斗が少年を庇って自分の左腕を差し出した。

少年は「ぎゃー！」と叫んでその場に腰を抜かす。

「運動神経、よくて助かった……！」

柔らかな皮膚が裂かれ、筋張った硬い肉に牙が食い込む感触に、気が遠くなる。ヴォルフが総毛を立てて、ゆっくりと口を開いた。

大きく開いた口の中に、明斗の血液が流れ落ちる。

温かく鉄臭いその液体を舌で受け取った瞬間、ヴォルフはえずいてよろめいた。

「俺はなんということをした」

「ヴォルフ……」

明斗はかみつかれた腕を右手で押さえ、その場にしゃがみ込む。そして笑みを浮かべてヴォルフを呼んだ。

「俺は大丈夫だ、ヴォルフ。怪我はいずれ治る。利き腕じゃないし」

胸元に血液が飛び散り、ヴォルフの胸元はルビーのネックレスで飾られたように輝いていた。

「だがお前の仕事に支障が出る……」

ヴォルフは尻尾を股の間に挟み、耳をだらしなく下げて、今にも泣きそうな上目遣いで明斗を見た。

「だから大丈夫だって！　お前が他人に怪我をさせる方が俺は嫌だ」

ヴォルフは動きを止めると、激しく首を左右に振る。

「お前はつがいを守ろうとしただけだ！　そして俺もお前を守った！　他人をかんだら謝罪じゃ済まない。だから俺は、お前のために自分の腕を差し出した。お前が途中で力を抜いてくれたから俺の腕はちぎれずに済んだんだ」

「まさか、大事なつがいをかむとは。この俺が、なんたることだ……！」

ヴォルフは項垂れて、ゆっくりと後ずさった。

「ほら、こっちにおいで」

「いや、今の俺はお前の傍にいる資格がない。冷静なお前に助けられ、お前を傷つけた俺は最悪だ！」

ヴォルフは大声でそう言うと、弾かれたように部屋から飛び出した。

「ヴォルフッ！　待て！　ヴォルフ！」

明斗は激痛でそれ以上何も言えなくなった。

「先生を見送ってきました」

歌川はキッチンに戻ると、左腕を包帯で巻かれた明斗を見つめ、ため息をついた。

「携帯に電話をもらったときは何事かと思いましたが……大事件が起きていたんですね」

「本当の大事件は阻止しました」

歌川が応急処置をしてくれたおかげで、その後はスムーズだった。

警察官に連行された少年が「巨大犬が喋った」「あいつはクリーチャーだ」と騒いでくれたおかげで、明斗の腕の怪我は「バットをよけたらガラスの割れた窓に突っ込んだ」という扱いで済んだ。それを裏付けるために、歌川の知り合いの医師に駆けつけてもらって治療した。しばらくはその医院に通院することになる。

「寿命が縮む思いでした。お役に立ててよかったです」

「ありがとうございました。ただ、ヴォルフがショックを受けてどこかに行ってしまいました……。戻ってきてくれるとは思うんですが」

「戻ってきたら『腕に傷が残るから、責任を取ってずっと傍にいてください』って言うといいですよ」

歌川は二人分の紅茶を入れて、一つを明斗の前に置いた。

「そんなことを言ったら、ヴォルフは本気にします」

「でも君も本気だったんですよね？　そうでなかったら、あそこで『狼』に腕を差し出しませんでした。彼らは普通の狼とは性質も力も全く違いますから、命に関わることになっていたでしょう」

「だって……あそこで他人を傷つけたら、ヴォルフは大変なことになる。俺は、ヴォルフをどうしても助けたかった」

「自分の腕を一本失うかもしれないとしても、ですよね。つがいの愛情は深いですね」

「え？」

「だってね、『狼』を守ろうとして『狼』に自分の腕を差し出した。これが愛でなくなんなんですか？」

「そっか、俺……」

ヴォルフが好きなのか。

自分の大事な腕よりも、ヴォルフを優先した時点で確定したんだ。

そうだ。だとしたらもう、俺はヴォルフのつがいなんだ。

明斗の心に「つがい」の言葉がじわじわと温かく染みていく。

「……俺、迎えに行かなくちゃ。凄くショックを受けていた。俺は無事だって教えてやりたい」

「クールダウンしているなら放っておいた方がいいと思います」

「でも……」

「それよりも『狼』には不思議な言い伝えがあるんです。その文献も、封筒にまとめてありますので、後で読んでください。おそらく、あなたたちには必要だと思いますので」

「そうですか……。不思議な言い伝え……」

右手でティーカップを掴んで温かな紅茶で口の渇きを潤す。

それだけなのに、体の疲れがどっと押し寄せてきた。

「今夜は熱が出ると医師が言っていました。傍にいますから、ゆっくりおやすみなさい」

「ご迷惑をおかけします」

明斗は頭を下げながら、眠気と闘った。

とにかくヴォルフは我が家に戻ってきた。

どれだけパニックを起こしていたのか、体中に「ひっつき虫」をつけて、足元は泥でドロドロだ。体毛も薄汚れている。とにかく美しさは皆無だった。

「申し訳ない。俺は一晩反省した。大事なつがいを傷つけるとは何事かと、何度も己を叱咤した。だが大事なことを忘れていたのだ。明斗の怪我を放置して屋敷を飛び出した。最低最悪だな俺は。思う存分罵声を浴びせてくれ」

歌川に連れられてアトリエに来たヴォルフは、ベッドで横になっている彼に深々と頭を下げる。

「ほんとだよ。放置するとかありえないだろ。俺は大事なつがいじゃなかったのか？　しかも腕に傷は残るって。機能は問題ないらしいがかまれた痕が残るってさ、夏は暑くても長袖だな」

「本当に申し訳ない……、ん？　今何か重要なセリフが……」

尻尾をばたつかせて首を左右に振るヴォルフに、明斗は話を続ける。

「俺の腕にヴォルフの印が刻まれた。これはもう一生責任を取ってもらわないと割に合わない。どうする気だ？　ヴォルフ。責任を取る気はあるのか？」

よっこらしょと体を起こして、ボサボサのヴォルフの頭を優しく撫でた。

「お、俺のつがいは最高だ。この世でもっとも素晴らしい存在だ。責任ならば喜んで取る！　だが責任を取る前に、すでにお前は俺のつがい！　生涯、絶対に離さない。どこまでも愛し慈しみ続ける……！」

ヴォルフは人の姿に変わったかと思うと、明斗に愛を語る。全裸で。

「服を着ていれば様になったでしょうに……」

歌川が肩をすくめて笑い、明斗も「ほんとだよ」と釣られて笑う。

ヴォルフだけは「ありのままの俺を見ろ、だな」と堂々と笑った。

「……では、お邪魔虫は帰ります」

「いや、そんなことは……とにかくありがとうございました、歌川さん」

明斗もまた、晴れやかな笑みを浮かべた。

「これからも同居生活を続けられそうでよかったです。私は安心しました」

「いや歌川、同居ではなく結婚生活だと思うが。俺と明斗はつがいなのだから」

「これは失礼しました。では新居でお幸せに」

歌川はヴォルフの訂正に笑顔で謝罪し、屋敷を後にする。

残された二人は、しばらく見つめ合っていたが、ヴォルフが服を着ると言って部屋を出た。それから十分ほどでバスローブ姿で戻ってきた。

「明斗のために、腕が治るまでは俺がかいがいしく世話をしてやる。まずは風呂に入ろう。俺にお前の体を洗わせてくれ」

「……それだけで済むのかよ。俺は怪我人だぞ」

「快感で痛みを軽減したいと思う。というか気持ちが通じたのだぞ？　俺が何もせずに我慢できると思うか？　当然無理だ！」

「狼野郎が！」

明斗は悪態をつくが、すでにヴォルフの匂いに酔っている。

つがいだと自覚した途端に現金なものだ。

「明斗の匂いが良すぎて、俺の理性は薄氷だ。もう砕け散る」

「じゃあ、お前のことは俺が洗ってやるよ。利き腕は問題ないから」

両手を伸ばして「力が強いんだから、俺なんか簡単に抱き上げられるだろ」と挑発したら、ヴォルフは目を輝かせて「当然だ」と言った。

本当に軽々と抱き上げられて、バスルームまで連れていかれる。

黙っているのは気恥ずかしいが、喋りまくるのも違うような気がした。

「まだ満月まで日があるが、今日が俺たちの満月だと思う。俺とのつがいの営みを受け入れてくれるか？」

そうやって、所々素直に尋ねるのが可愛いと思う。

「受け入れてやる。これもきっと伯母さんが結んでくれた縁だ。末永く、よろしく頼む」

「マリには感謝しかないな。俺は大陸を渡って、ようやくつがいを得た。愛しているよ、明斗」

「俺も、その、ヴォルフが愛しいんだ。だからつがいになれて嬉しい」

バスルームは二人の香りで満たされていく。

服を脱ぎながら触れるだけのキスをして、すべてが露わになったところで今度は深いキス。ヴォルフの匂いに酔い、唾液に満たされて、体の芯が熱く滾る。

それだけでなく、怪我をして包帯を巻いた場所がジンジンと疼き出した。痛いのかかゆいのか分からないもどかしさに、明斗は包帯を解こうとする。

「だめだ。傷に障る」

「なんか……凄くかゆくて、かさぶたを剥がしたいような気分で……ムズムズする」

「ふむ」

ヴォルフはしばらく無言だったが、ようやく「そういうことか」と手を叩いた。そして明斗の左腕に巻かれた包帯を解いていく。

そこにはずいぶんと酷い傷があったはずだ。

牙の跡も無残に残っていた。

なのに。

「は？　綺麗さっぱりなくなっているんだけど？　え？　かさぶたもないんだけど？」

「お前が俺をつがいと認めたからだ。つがいはつがいを傷つけない」

「だからって、こんなのありか？」

傷があった左腕は、今は羽虫のような妖精がパタパタと飛んでいる。

明斗は慎重に腕を動かし、手のひらや指を動かす。どこも痛くない。

「もしや……」

もしや「これ」が、以前ヴォルフが複雑な表情で言葉を濁していた「明斗がヴォルフにかまれたらどうなる？」の本当の答えなのか。

「マジか……っ！　あんなに血が出たのにな……」

初めて石の声が聞こえたときより驚いた。

「よかった……。一晩で回復するなんてさすがは俺のつがいだ」

「傷がなくなったから、責任を取れって手は使えないな」

明斗は笑うが、ヴォルフは真顔で「そんな手はいらん」と首を左右に振る。

「だが今は、明斗を丁寧に清めたい」

当然の権利とばかりに、ヴォルフはボディーソープをつけた手で明斗の体を撫で回す。

「あ……その……ヴォルフ？」

「なんだ。俺は今、猛烈に忙しい」

「そこばっかり……洗わなくても……いい」

明斗は、やけに泡立ちがよくなった自分の股間と、そこを撫で回しているヴォルフの指を交互に見て顔を赤くした。

「ここは明斗の大事なところだ。大事なところは、こうやって……丁寧に洗ってやらないとだめじゃないか」

「ん、ん……っ」

すでに半勃ちになっていた陰茎をゆるゆると扱かれ、明斗は掠れた声で喘ぐ。

「明斗も俺の体に触っていいんだぞ？」

「いやその、どう触れば……」

「好きにしていいんだ。俺の許可などいらない」

二人は顔を見合わせ、こつんと額をくっつけて微笑んだ。

「なんか、つがいって恥ずかしいけど気持ちいいな」

「俺も同じだ」

ヴォルフは、ボディーソープでぬるぬると滑る手のひらで明斗の体を撫でながら囁いた。

「これ以上気持ちよくなったらヤバいわ」

「そんなことはない、もっと高みを目指そう」

「快感に溺れるの間違いじゃないか？」

その途端、ヴォルフは自信満々の微笑みを浮かべる。

「その顔、本当に綺麗だな。俺はヴォルフの顔が凄く好き」

明斗はヴォルフの濡れそぼった髪や耳にキスをして、まじまじと彼の顔を見つめた。

心なしかキラキラ度が上がったような気がする。

「俺はお前のためにもっと美しくなろう」

「そうして」

「お前が俺以外の誰にも目がいかないように」

そんなわけあるか。

「俺は、偉そうな『狼』の相手をするだけで精いっぱいだっての」

「まあ、それは知っているが。念のためだ。念のため」

「俺はお前の匂いに酔わされてる。お前以外の匂いなんていらないよ」

そもそも二十七年生きてきて、こんなにも心引かれる匂いを持つ人との出会いなどなかった。

もしヴォルフと出会わなかったら……と考えるのは今は怖い。

「俺も。ほしいのは明斗だけ」

「ヴォルフ、可愛い」

明斗はヴォルフの体についた泡を拭って、彼の額に自分の額を押しつけて笑った。


クックは特大の蝉を口に銜えて、風呂上がりの二人をドアの前で待っていた。

彼女が銜えているものが黒くてカサカサと動く虫かと思った彼らは、最初は男らしい悲鳴を上げたが、よく見ると違うと分かって安堵する。

「あーびっくりした。大きな蝉だな、クック。でもまだ生きてるから逃がしてやろう」

明斗は引きつった笑みを浮かべて、不満そうなクックから蝉を奪うと、窓の外に放り投げた。

「きっと、俺たちのために蝉を捕ってきてくれたんだな。猫め」

「それは分かるが……。虫を銜えた口で顔にキスをされるのは俺なんだぞ？」

「まあ、そこは我慢しろ。飼い主なんだから」

二人は神妙に言うと、顔を見合わせてくすくす笑いながらTシャツと半ズボンという夏定番の格好に着替えた。

「クック。おいで」

明斗は、自分の足を嘗めていたクックを抱き上げると、そのまま食堂に向かう。

「ヴォルフも来い。二人で朝飯を食おう」

「ああ。そうだな。二人で食べよう」

ヴォルフは嬉しそうに頷く。

「とりあえず、いろいろ作ろうと思う」

オムレツにソーセージ、分厚いベーコン。それに厚切りのパンと、飯も必要だ。ついでに魚も焼いておこう。明斗のつがいは大食らいなのだ。

これくらいの量は簡単に平らげる。

「俺はこれからずっと明斗の食事を食べ続けるのか。なんと幸福なことだ」

「そのうち、ヴォルフにも作り方を教える。そしたら俺に料理を作ってくれ」

明斗の提案にヴォルフは何度も頷いた。


ヴォルフは自分の席に着いたまま、眉を顰めて目の前の物を凝視した。

怒っていいのか悪いのかよく分からない。

クックはそんなヴォルフの脚に自分の体を擦りつけて匂いを移している。

「それはなんだ？」

皿の上に載っているのは、いびつな形のおにぎりとインスタントのみそ汁。そして、数切れのたくあん。

オムレツやソーセージ、ベーコンも別の皿に山盛りになっているが、ヴォルフの目はおにぎりに釘付けだ。

「ごめん。俺、おにぎりを握るのは苦手で」

「愛情がこもっているから構わない。おにぎりの中身は？」

「梅おかか。鮭とたらこも切らしてる」

「梅おかか？」

「嫌いならごめん」

「いや、初めての味だ」

「酸っぱくないように工夫してみました」

明斗は二つの湯飲みに日本茶を入れ、それぞれ自分たちの前に置く。

「そうか。食べるのが楽しみだな」

「ほんと、量だけでたいしたものがなくてごめん。午後になったら買い出しに行ってくる」

「今度は俺も変装してついていく。帽子と眼鏡を身につければ完璧だ」

ヴォルフは気遣うように笑うと「いただきます」と言って、まずはインスタントのみそ汁に箸をつけた。明斗も箸を持ち、みそ汁に口をつける。

そして二人揃ってみそ汁の椀を一旦テーブルに置く。

「明斗。このみそ汁は……汁だけで寂しいな」

「俺も今、そう思った。具が入ってないと辛い」

「しかしおにぎりとお茶の晩ご飯でも、明斗と一緒にいるから嬉しい」

「オムレツとソーセージとベーコンも用意してあるんだが？　おにぎりに飽きたらパンも

あるが？」

「ああ。それらもすべて、明斗と一緒に食べるのが嬉しい」

明斗の耳に、鐘の音が聞こえた。

なんだかとても幸せな音だ。どこかで妖精が鳴らしているのかもしれない。

「俺にも聞こえたぞ」

ぼそりと言われて、明斗は顔を赤くした。

幸せの鐘の音なんて、まるでおとぎ話だ。

「俺、いろんなものが見えたり聞こえたりするけど、今はそれでよかったと思っている」

「そうだな。俺も明斗と同じ世界のものが見られて嬉しい」

あんまりヴォルフが嬉しそうに笑うので、明斗も釣られて笑ってしまった。


梅おかかは、ヴォルフの好きなおにぎりの具となった。

二人は朝食と部屋の掃除を終えてから、壊れた窓を段ボールで補強し、スーパーに買い出しに行った。

変装したら意外にもヴォルフのキラキラ度は下がり、「ホームステイ中の外国人？」程度の認識となったので明斗は胸をほっと撫で下ろす。

午後には歌川と壊れた窓のことでやりとりをして、工務店を紹介してもらった。

昨日が目まぐるしかったせいで、今日は何をやるにもゆっくりペース。

明斗は「今日は仕事は休みです」と言って、工具を磨くだけにした。

のんびりと午後を過ごして、早めの夕飯にする。

こんな生活も、ある意味晴耕雨読というのかな……と思いながら、ヴォルフのために肉の塊に味をつけてオーブンで焼いた。

なかなか旨いローストポークが出来上がった。

付け合わせは焼いたジャガイモとニンジン、グリーンピース。あとは丼にいっぱいよそった飯と漬物。

ヴォルフのリクエストで、スープの具は豆腐と油揚げになった。

彼は汁を吸った油揚げの食感が好きなのだという。

それから、クックのダイエットのために一人と一頭と一匹で、夜の庭でボールを投げて遊んだ。

猫のクックと『狼』姿のヴォルフが一つのボールを奪い合う姿に、明斗は腹を抱えて笑った。よほどの大声を出さない限り、近所から騒音の苦情が来ることはない。

明斗の視界に、半透明のクジャクが優雅に歩いているのが見えた。大小の妖精たちも飛んでいる。彼らが人の出す音を吸収しているのが分かった。

「凄いな……」

「あれはみな、明斗の持っている宝石から出てきたものだ」

「そうか」

幻想的な光景を見ながら月光を浴びる。

まだ満月ではないが、気持ちを昂らせるには十分な形の月だ。


その夜。

ヴォルフは自分の枕を持って、明斗の部屋を訪れる。

枕をクッション代わりにしてベッドヘッドにもたれながら本を読んでいた明斗は、自分の隣をぽんぽんと叩いてヴォルフを呼んだ。

「クック、悪いけどよけてくれ」

ベッドに上がったヴォルフは、まんじゅうのように丸くなって眠っていたクックを強引に起こす。彼女は「んわあうぅぅ」と高い声で文句を言うが、明斗の足元に移動した。

「何を読んでるんだ？」

「宝石の本」

明斗の答えに、ヴォルフは「宝石なら俺が教えてやるのに」と文句を言う。

「結局ここが定位置かよ。わがまま狼」

「なんとでも言え。俺はここを自分の寝床にすると決めた」

「……毎晩ここで寝ると、俺の体が持たないんだが？　おい」

明斗は本を閉じてサイドボードに置くと、わざと驚いた顔をしてみせた。

「大丈夫、愛の確かめ方はいろいろある」

「う……」

「俺がどれだけ技巧の取得に時間をかけたのか、しっかり教えてやるぞ？」

「外見は似たような年なのに……中身はおっさんで怖いな」

「何を言うか。こんな美しいおっさんがいるか」

まあ確かに。

明斗は笑いながらヴォルフに背後から抱きしめられる。

最初は「いつ押し潰されるんだろう」とドキドキしていたが、今はもう信頼している。

明斗はヴォルフの匂いを嗅いだ。

「いい匂いだ。……ほんと大好き」

「好きなだけ嗅げばいい」

「そうする」

明斗は「気持ちのいい匂いだ」と呟いて、ヴォルフの顎に自分の額を押しつけた。

「これぐらいの匂いが、酔いすぎないでいいかも」

明斗は、自分を抱きしめるヴォルフの腕がどんどん下半身に向かっていくのを感じ、ドキドキしながら言う。

「そうか。明日こそ屋敷の探検に行こうか？」

ヴォルフの指が、短パンの上から明斗の股間をそっと撫でた。

「ん、行く……っ」

「二人で思い出を重ねていこうな？　俺の大事なつがい」

ヴォルフが戻ってこなかったら、こんなふうに抱きしめてもらえなかった。可愛い俺の『狼』。明斗はこの美しい『狼』と思い出を重ねられることを嬉しく思う。

「ヴォルフ」

明斗は強引に体の向きを変え、彼と向かい合わせになった。

そして、自分からしがみつく。

「なあヴォルフ、知ってるか？」

「なんだ……？」

「俺たち、恋人同士をすっ飛ばして夫婦だぞ？」

「俺は明斗と一緒にいられるなら、なんでもいい」

「まあ、俺もそうだけど」

最初は性欲が溢れ出そうになったが、こうして抱き合っているだけで穏やかで幸せな気分になれるなら、こういうのもいいな。

明斗は「このまま、寝そうな気がする……こめん」と囁くように言った。

「そうか。俺は少し残念だが、これからはずっと一緒だから、まあいいか」

ヴォルフは小さく笑い、自分にぴったりと体を寄せて目を閉じている明斗を抱きしめ直すと、彼の額にキスをして目を閉じる。

耳元でシャクシャクと、何か不思議な音がする。止まったかと思ったら、またシャクシャクと聞こえてくる。

音源はクックで、彼女はヴォルフの顔のすぐ横にちょこんと座り、口の中に何もないのに咀嚼している。

明斗はいつものことだと無視して目を閉じていたが、ヴォルフがその音で目を覚ましたようだ。

「どうした?」

ヴォルフが頭を撫でてやると、クックはベッドから下りて「んあああああん」と高く甘えた声を出した。

「朝飯の催促だ。たまにああやって『シャクシャク』をやる」

明斗はゆっくり体を起こしてベッドから下り、彼女のためにドアを開けてやる。クックは尻尾を震わせて、明斗の向こうずねに頭突きをするように何度も体を擦りつけた。

「クック。朝ご飯の時間じゃないから、廊下で遊んでおいで」

クックは不満そうに鼻を鳴らして明斗を見上げたが、諦めたように部屋から出ていく。

「可哀相だぞ、明斗」

「大丈夫。後で山ほど鰹節をくれてやる」

明斗はドアを閉めて、ヴォルフの元に戻った。

「おはようヴォルフ」

「ああ、おはよう。だが二度寝をしても構わないぞ？」

無邪気に笑うヴォルフを見て、明斗は「俺の好きな顔だ」と心臓が高鳴った。

「昨日は何もせずに寝てしまったから、俺は元気が有り余って仕方がない」

ヴォルフは不満そうに言うと、明斗にも同意を求める。

「あー……俺はぐっすり眠れてよかった」

「それだけか」

「まあ、今は元気ですよ、と」

「よし。二人揃って元気なら、朝から元気よく励もう。愛の営みは場所も時間も選ばない。お預けを食らった分だけ、いつもより情熱的になるが構わないな？」

「あー……いや、ほら、朝っぱらからは……ちょっと」

股間をモジモジさせて笑う明斗に、ヴォルフは「俺もだから安心しろ」とブランケットを剥いで見せる。

「ほんとに元気だな！」

「お前もいつだって元気だ。本当は俺に触ってほしいんだろう？　喜んで可愛がってやる。

ほら、脚を開いて」

起きたたばかりの明斗の股間は、短パンを押し上げていた。

今まで互いに何度も見てきたものなのに、「つがい」になった途端に、妙になまめかしく見える。

「なんか、恥ずかしいな……」

「恥ずかしがると、明斗の匂いがぐっと濃くなる。良い匂い」

明斗の顔が真っ赤になった。

ヴォルフは彼の素直な感情を楽しんでいるのか、なおも言葉で嬲る。

「明斗のここは、俺にうんと恥ずかしいことをしてほしいと言ってる。満月の夜じゃないのにこれなら、満月にはどんなことになっているんだろうな」

指で短パン越しに陰茎をなぞられ、明斗の体が快感で震えた。

「や……ヴォルフ、そういう、じらすの、俺……好きじゃない……っ」

「そうか？　俺の明斗はじらされて腰を揺らしながらよがる姿が可愛いんだが」

明斗の恥ずかしがる姿が見たいと、耳元で囁かれて背筋に快感の電流が駆け上がる。

「あ、あ、も、そんな、耳元、だめだ」

「だめなことは気持ちのいいことだから、たくさんしてやるよ。明斗」

「う……っ」

ヴォルフに触ってもらうのは好きだが、じらされて意地悪されるのは辛い。その意地悪が気持ちよく感じてしまう自分が恥ずかしい。

明斗は吐息を漏らし「だめなことは、したくない」と掠れた声で言った。

「怖くないから、させてくれ」

ヴォルフが笑い、下着ごと短パンを脱がされる。

「腹につくほど反り返って、とろとろに濡れている。可愛がってやらないと」

「あっ、俺、そんなふうに言われるの、だめだって」

だがヴォルフは明斗の脚を大きく左右に広げ、朝の明るい日差しの下に露わになった彼の下肢をわざと晒した。

「ほら明斗。よく見て。少し可愛がっただけで、お前はとろとろに濡れる。お漏らしをした子供のように可愛い。たまらないな」

「ん、あ、あ、あ……っ」

「俺に見られて気持ちいいな？　明斗」

「は……恥ずかしいよ……ばかっ」

「でも、気持ちいいだろう？」

ゆるゆると陰茎の先端だけを指の腹で撫でられ、ひくひくと腰を振ってしまうのに、明斗は「だめ」と首を左右に振る。

「我慢する姿も可愛いが、もっと素直になってほしい」

「だから、まだ無理……っ」

「どうしたら素直になってくれるのかな？　明斗。もう少し意地悪くすればいいのか？　少し乱暴な方が燃えるともいう」

ヴォルフは都合のいいことを言う。案の定明斗は「燃えない」と言い返した。

「何もしなくても、俺はヴォルフに触られるだけで、ヤバいんだってっ」

「明斗のその『ヤバい』という顔が可愛い。達したいのを我慢している顔が、とてもいい。滾る……！」

ヴォルフはにっこり笑って、少し乱暴に明斗の陰茎を扱く。

「馬鹿っ、それだけだっ、ヴォルフッ」

「気持ちがいいって言ってくれ。明斗。俺の大事なつがい。素直になって」

乱暴に扱かれる明斗の陰茎は、先走りがくちゅくちゅと音を立てて泡立つ。

「だめ、ヴォルフ、ああ……っ！　くっそ、気持ちいい……気持ちいい……っ！」

明斗は股間を翻弄されて、ヴォルフの嬉しがる言葉を大きな声で言った。

「出る、も、出るからっ、俺……我慢できない……っ」

そう言った途端、ヴォルフの指が陰茎から離れる。

明斗は無意識に不満の声を漏らした。

「もう少し我慢すると、もっと気持ちよくなれる。だから少し我慢して」

ヴォルフは興奮して乾いた自分の唇を舌で濡らすと、自分も服を脱いでベッドの上に乗った。明斗の視線は、ヴォルフの勃起した股間に釘付けになる。

「お前が俺をこんなふうにしたんだ。明斗の可愛い姿を見ているだけで興奮する」

彼は明斗の体を俯せにすると、腰を高く持ち上げて尻を掴み、左右に押し開く。

「あ、あっ！　だめ…っ、そこだめ！　ヴォルフッ！　そこ、嘗めるな……っ」

後孔を舌で嘗められて羞恥心で体が震える。なのに明斗の陰茎はさっきよりも先走りを滴らせてシーツを汚した。

「んっ…う……っ……そこ……だめ……っ」

ヴォルフの舌は、明斗が「だめだ」というたびにいやらしく動き、唾液で後孔を柔らかく濡らしていく。

「こんな恥ずかしいの、無理だから、無理……っ、あ、ああ、だめ……っ」

明斗が枕に顔を押しつけ、よがり泣きを始めたところで、ヴォルフの舌がやっと離れる。

だがその代わり、今度は彼の勃起した陰茎に貫かれた。

「あ、あ、ああ……っ！」

衝撃と圧迫感、そして肉壁の感じる場所を突き上げられた明斗は歓喜の声を上げる。

「これで終わりじゃないぞ」

ヴォルフは上ずった声で言い、明斗の腰を掴み、そのまま彼の体を持ち上げる。

「ひ…っ！」

明斗は、そのまま座り込んだヴォルフの上に腰を落とし、深く貫かれて悲鳴を上げた。

「奥まで俺を感じるだろう？　どうだ？　今まで以上に気持ちがいいはずだ」

「ん、んっ、んんっ、こんな深いの……っ、俺の中が……っ、おかしくなる……っ」

明斗は初めての奥の快感に頭の中が真っ白になり、ヴォルフの動きにただひたすら合わせる。

「可愛い。俺の動きに合わせるなんてけなげだな」

ヴォルフはそう言って明斗の膝裏に手を添えて、彼の体を上下に揺さぶる。

「んん……っ！」

明斗は幼子が用を足すような格好にさせられて羞恥に顔を俯かせたが、萎えることなく先走りで濡れている自分の陰茎を目の当たりにして、カッと体を熱くした。

「だ…だめ……こんな……恥ずかしい格好……だめ……っ」

「満月の営みでは、もっと恥ずかしいことをしたぞ？　これなど序の口だ。俺が突き上げるたびに後ろだけで何度も達した。達するたびに中が痙攣して俺もとても心地がよかった」

「ばか……っ、そんなこと言われたら、俺、もう……っ」

喘ぐ明斗の陰茎からはひっきりなしに先走りが溢れ、それは二人が繋がっている場所まで伝い落ちる。

「ヴォルフに何をされても、気持ちよくなって、ヤバいから……っ、ばか」

「そう言ってくれると嬉しい」

そろそろ限界が近いと、ヴォルフは一層激しく明斗を揺さぶった。

明斗も、快感に染まって先走りを溢れさせる自分を凝視したまま興奮する。

「出る、も、出るから、でちゃう、だめ……っ」

明斗は射精の近い自分の雄を見ながら、甘ったれた声を上げた。

「ヴォルフ…っ」

「自分が達するところをちゃんと見ていろ」

「見る…っ……見るから……っ」

ベッドのスプリングが激しく軋み、深く繋がった二人の体が不規則に揺れる。

「あ、あ、あああぁぁぁあ……っ！」

ひときわ深く突き上げられた明斗は、俯いていた自分の顔に向けて勢いよく精を放った。

ヴォルフもまた、低い呻き声を上げて彼の体内に精を吐き出す。

「明斗、可愛い」

「は……恥ずかしいから……見るな……っ」

自分の精で顔を汚した明斗は、信じられないほどの羞恥を感じてそっぽを向いた。

ヴォルフはゆっくり明斗を離すと、彼の肩を掴んでこっちを向かせる。

明斗の頬や顎に飛び散った吐精はとろりと流れ、彼の首や胸まで汚していた。

自分のものをかけたわけでもないのに、ヴォルフは興奮でごくりと喉を鳴らす。

「見るなよ……っ」

「動くな。俺に綺麗にさせろ」

ヴォルフは明斗の顔に自分の顔を寄せ、白濁とした体液を舌で嘗め取っていく。

「あ……」

明斗が知っているヴォルフの舌は、もっと情熱的に動く。だが今はとても優しい。

「ヴォルフ」

こんなふうに優しく嘗められて、嬉しいやら気恥ずかしいやら、明斗は首まで赤くする。

「俺は明斗になんでもしてやりたいんだよ」

「俺も、ヴォルフになんでもしてやりたい……」

明斗はヴォルフの頬にチュッとキスをして、顔を離す。

「あのな、明斗」

「ん？」

「もっと違う体位を試してみたい」

「お、俺の体でできることなら、いいぞ。興味ある」

「嬉しい。俺のつがいは本当に優しくて可愛くていやらしくて最高だ」

「わざわざ言わなくていいから」

是非とも心の中で思ってくれ、そうじゃないとヴォルフはナチュラル言葉攻めになっていくから困る。

「気持ちを共有したいだけだ」

「そういうのは、おいおいでいいですー」

「おいおい……？」

「ヴォルフは口調が丁寧になると言葉攻めになるから、気をつけてくれ。言葉攻めをされても恥ずかしさが先に立って、俺はまだ、すぐに気持ちよくなれない」

「そうなのか……！」

真面目に驚くな。

恥ずかしいから。

「だから、少しずつゆっくりと進もう」

「分かった。うむ。じっくりと二人で楽しんでいこう」

言った途端、明斗は物凄い勢いでベッドに押し戻される。

「な、な、な……っ」

「今からは、いつも通りの優しい俺でいく！」

「え？　え？」

「優しく優しく愛撫して、明斗をとろとろに柔らかくして気持ちよくさせたい」

「その、体力……。俺の体力……」

昨日やらなくてよかった！　しなくて正解だったたっ！　昨日もやっていたら途中で気絶コースだ！

明斗は、ヴォルフによしよしと頭を撫でられてため息をつく。

「俺はつがいと出会ってとても貪欲になってしまった」

ヴォルフは明斗の体を抱きしめて、つがいの匂いを嗅いだ。

「貪欲でも、幸せだからいい」

「俺も結構幸せだ」

「だから、これからはもっと幸せな日々を過ごすぞ、明斗」

ヴォルフは明斗の引きしまった尻を両手で掴み、優しく揉み出す。

「ちょ…ちょっと待って……俺はもう……」

大きな手のひらに包まれ絶妙に気持ちのいい揉み方だ。

これを拒むのは難しい。

「痛くないだろう？　優しくしている」

「だ、だめだって……ヴォルフ……あっ」

優しく尻を揉まれ、太ももに熱い陰茎を擦りつけられた明斗は、真っ赤な顔のままそれきり黙った。

朝から散々運動をした二人に、トーストとサラダの朝食はあまりにも少なすぎた。
しかし冷蔵庫の中に入っているのはハムが少しと豆腐が一丁。
昨夜のローストポークはヴォルフが平らげた。
『今日も仕事を休む。不本意だが、体力を戻してから全力で仕事をする』
明斗は何度もヴォルフにそう言い聞かせて、一人で自転車に乗って買い出しに行った。
「俺が燃費が悪いのは仕方がない。そういう生き物なのだから」
ヴォルフは足元のクックにそう言うと、のんびり裏庭に向かう。
今日は気温も上がらずにすがすがしい。
そんな中、半透明の不思議な生き物が気持ちよさそうに漂っている。
明斗の宝石から抜け出したものだけでなく、マリの宝石から出てきたものもいる。
相変わらず、いろいろ出るなと感心していたら、ヴォルフの目の前にマリが立った。
生きていた頃と同じように、ピンと背筋を伸ばして格好いい。
「私は、彼女の眼鏡に残っていた思念」

なるほど、それか。

「どうやら、上手くいったようね。マリはずっとあなたたち二人を心配していた。つがいになるのは知っていたけれど、こんなに上手くいくとは思わなかった」

マリが目を細めて微笑む。

「……は？」

「私が明斗と外で会ったときだけ、ヴォルフは鼻をくんくんと鳴らしていたでしょう？だからそれで分かった。あなたが好きなのは明斗の匂いだって」

ヴォルフは視線を逸らし、頬を染めて「そうだったか」と照れ笑いをする。匂いを嗅いでいたことを知られていたとは少々恥ずかしい。

「マリは本当はあなたを故郷に帰したかった」

「そうか。ではいつか帰ろう。大事なつがいを連れて。だがここが俺の新たな故郷だ」

「そう言ってくれると嬉しい。マリもきっと喜ぶと思うわ」

マリの体が徐々にぼやけていく。

「安心したから、私はもう消える」

「マリ」

「幸せになって、ヴォルフ。そして、明斗を幸せにしてあげて」

「ああ。任せておけ。マリは空から俺たちを見守っていればいい」

ヴォルフが自信たっぷりの笑顔を見せると、マリは安心したように笑顔で消えていった。


「俺が留守の間に、また何か出た？　なんか、懐かしい匂いがする」

自転車に積んでいた荷物を両手に持って颯爽と帰宅した明斗は、車寄せのところで自分を待っていたヴォルフに尋ねる。

「まあな。でも、もう二度と会えない」

ヴォルフの少し寂しそうな声に、明斗は「伯母さん……？」と囁くように聞いた。

「ああ。様子を見に来たようだが、もう帰った。幸せに暮らせとの伝言だ」

「そうか……」

明斗は荷物の半分をヴォルフに渡し、二人揃って屋敷に入る。

「伯母さんには心配かけてきたからなあ。会って謝りたかったたな」

まるで母親のように「ちゃんと食事はしているか？」「お金は足りているか？」「辛くなったらいつでもこの屋敷においで」と言ってくれた。

彼女がいなくなった今、その心配がとても懐かしく思う。

「違う。俺を見て、安心していた。謝らなくていい。彼女は満足して消えた」

「ヴォルフ……」

「だから俺たちは、幸せに暮らしていくぞ」

ヴォルフが微笑む。

明斗も釣られて笑い、少しだけ泣きそうになった。

「うん。幸せに暮らそう。楽しいことを積み重ねよう」

「当然だ」

明斗はヴォルフの白銀の髪をクシャクシャに掻き回し、「全くだ」と優しい声で言った。

なんとなく涙が出てきてはなをすすったらキッチンの床に涙が零れた。

「なあ、明斗」

「なんだ？」

「嬉しいときにも涙が出るのか？」

明斗はヴォルフを見上げて、涙ににじんだ目で何度か瞬きをする。

「そうだな。だから俺は、今、嬉しい。伯母さんの伝言を聞けて嬉しい」

「俺は、明斗が嬉しいと嬉しい」

そんなことを言うヴォルフが可愛い。

可愛くて可愛くて、格好良すぎてキラキラしている。

こんな素敵な『狼』という不思議な生き物が、自分のつがいだなんて嬉しい。

明斗は切なさと愛しさで胸を詰まらせながら、なんの疑いも持たずに真剣な瞳で自分を見ているヴォルフの唇に、自分でも信じられないほど優しいキスをした。


明斗はその日、オムライスを作った。

ケチャップで味付けしたチキンライスは大きな半熟卵焼きでくるまれ、その上にはケチャップでハートが書いてあった。

ヴォルフは美味しさのあまり、夕飯にもリクエストをしたが、明斗は「夜は肉だ」と言って、ヴォルフのわがままを笑って無視した。

「明斗は意地が悪い。でも、ケーキを買ってくれた。俺への愛を感じる」

「愛してるよ。当然だ」

明斗は、ヴォルフの口の端についた生クリームを指で拭い、嘗めて笑う。

愛なんて言葉が自分の口からすんなり出てくることに内心驚きつつも、言う相手がヴォルフだから当然なんだとも思う。

「だが俺は、明斗の作ったケーキも食べたい」

「前も言ってたな。そのうち頑張る」

「楽しみにしている」

「そうか。……ところで、俺の作ったオムライスは、伯母さんの好物の一つだったんだ」

するとヴォルフは「そうか！　だがこれからは俺だけのオムライスになったたな」と言って笑った。

「独占欲、ヤバい」

「それが俺だ」

ヴォルフが偉そうに胸を張った。

そして明斗は、自分のアトリエでヴォルフに関する報告書の最後のページを読んで、「なるほどやっぱりな」と頷いた。

『狼』とは、動物の狼とは似て非なるもの。

驚異的な身体能力と変身能力、その他特異能力を有するが、サンプルが著しく少ないため、未だ都市伝説の域を出ない正体不明の生物。

『狼』にかまれた人間は、つがいの契約を結んだ者に限り、果てしない寿命を持つ『狼』と寿命が等しくなり、能力も半分ほど受け継ぐといわれている。

今のところ確認できるのは、五名の人間のみ。

全員存命なので、現在も経過観察中。

※この書類を制作するに当たり、いくつもの財団法人の協力を得ました。

最後に、歌川の直筆の走り書きがあった。

多分そのうち、俺たちも観察対象になりそうな気がする。

「俺も都市伝説の仲間入りか。それにしても六人目とはな」

五組の『狼』のつがいと、いつか出会ってみたい。

特につがいとの初対面はどうだったか、どんな印象を受けたか聞いてみたいと思う。

「寿命も変わるのか。よかった」

気にはしていたのだ。

寿命が違うだろうなとか。自分に何かあったときにヴォルフを一人にしたくないなとか。

いろいろ考えて、たまにため息をついた。

ヴォルフに自分の墓守なんて絶対にさせたくなかったのだ。

「よし。そうか。俺たちは本当の意味で、生涯つがいだ。まだ都市伝説の域だけど」

明斗は床に座り込んで、「長生きできるように健康でいよう」と言いながら笑った。

そこにヴォルフがやってきて「どうした？」と優しく問いかける。

「ヴォルフにも大事なことが書いてあるから読んでくれ。あと、近いうちにお前の故郷に行ってみたい」

するとヴォルフがダイヤモンドが輝くような眩しい笑顔を見せて「新婚旅行だな！」と

言い切った。

あ、そういうイベントはすっかり忘れていたけど、ヴォルフがいいならそれでいいか。

明斗は「そうそう。新婚旅行」と相づちを打って、喜びすぎて狼耳と尻尾を出したヴォルフに「落ち着け」と言った。

「いや無理だな。落ち着けるか。俺の故郷はヨーロッパの雪深いところだから、春から夏にかけて行くのがいいだろう。素晴らしい大自然と旨い料理がある。明斗に何もかもを見せてやりたい！」

「楽しみだな。俺の大事な『狼』」

愛情をたっぷり込めて言ったら、ヴォルフが今にも蕩けそうなほど顔を赤くした。

おわり

おそろいキラキラ

寒暖差の激しさが冬の到来を告げている。

明斗は厚手のトレーナーとジーンズに着替えて、食堂でドリップ式のインスタントコーヒーを入れながら「寒くなったなあ」と独りごちた。

壁掛け時計は午前七時半を指している。

冷暖房が完備されているのは食堂とアトリエ兼寝室、バスルーム。

エントランスにもエアコンは設置されているが、明斗は「金がもったいない」と言って使わない。食堂とバスルームも使用するときにしかつけないようにしている。

普段は人のいない場所まで適温にする必要はないし、故郷がヨーロッパのヴォルフはまだ「少し暑くないか？」と半袖なので問題なかった。

猫のクックだけは特別で、彼女用にフリースで作ったベッドを「彼女のお気に入りの場所」すべてに設置した。

ちなみにクックは今、明斗のベッドの中でぐっすりと眠っている。

「ヴォルフ。牛乳は温めるか？　そのまま？」

独り言には少し大きな声を出すと、軽快な駆け足とともに一人の男が食堂に現れて「ぬるいのがいい！」と言った。

「了解。ほんと、お前の耳がよくて助かるわ」

明斗は白地に狼のイラストがプリントされたマグカップに牛乳を注ぎ、レンジに入れる。

「ふふん。俺は『狼』だからな」

白銀の髪を優雅に掻き上げながら威張るヴォルフは半袖Tシャツとジーンズで、足元はサンダルを履いている。

他人が見たら「うわ、寒そう」な格好だが、すっかり見慣れた明斗は「はいはい」と適当に返事をした。ちなみに一緒に買い物に出かけるときは、問答無用で上着を着せる。

レンジの加熱終了音が鳴ったので、マグカップをテーブルに置く。

「今朝は……あと、もう、これでいい？」

いつもならちゃんと朝食を作るのだが、明斗はテーブルに置いてある食パンとバター、マーマレードの瓶を指さした。

「構わん。俺も手伝う」

圧倒的にタンパク質が足りない朝食に、ヴォルフが冷蔵庫からハムとチーズとマヨネーズを取り出す。

「昼はちゃんと作る」

あくび交じりに頭を下げる明斗に、ヴォルフは「眠いなら寝ていていい。俺が用意するぞ」

と提案した。

最新のガジェットは使いこなすのに、キッチン家電に関してはポンコツのヴォルフが作る「ヴォルフ飯」のメニューは、丸ごと野菜と加熱の必要がない加工肉、そしてパンだ。

しかもポットで湯を沸かすことを明斗に習ってから、何かとカップ麺を食べたがる。

明斗は「カップ麺は大事の非常食としてストックしたいし、しょっちゅう食べていては即席というありがたみが薄れる」と思っているのだが、キラキラとして見ているのが眩しいくらいの美形はカップ麺を食べていても美しかったと驚愕して以来、「今食べるものか？　それ」と言う回数を減らしている。

旨そうに笑顔でカップ麺をすするヴォルフは、結構可愛かったのだ。

「いや、ちょっと昼寝をしたら復活するので大丈夫」

年末前にアクセサリーのメンテナンスやクリーニングを依頼する顧客が多いのは分かっていたが、今年はいつも以上に多く、なるべく徹夜はしない主義だった明斗が最後の梱包を終えたのは午前五時だった。

「遅くまでよく頑張っていたな、明斗。いつもより多く仕事を受けていただろう？」

ヴォルフがそう言って、たくさんのハムとチーズとマヨネーズを挟んだサンドイッチを頬張る。

「仕方がないというかなんというか……顧客の購入期日をチェックしたら『そろそろメンテの

時期だ』ってのが重なっていた。シルバーの凝ったデザインだと、自分でクリーニングするより買ったところにお願いしようってなるから」

「……ふうん。……忙しいのはまだ続くのか？」

「今回みたいなのはないいな。それよりまず新作をアップするから、ウェブサイトのメンテとクリーニング希望のページは年内はクローズだ」

「俺も何かほしいな」

三口ほどでサンドイッチを食べ終えたヴォルフが、今度はマーマレードを塗ったサンドイッチを作りながら言った。

「え？　別にヴォルフは何もつけていなくてもキラキラしているけど？　それ以上光り輝いてどうするんだ？　俺にサングラスをかけろと？」

眉間に皺ができそうで嫌だな……と思いながらコーヒーを飲んでいたら、ヴォルフの機嫌がよくなった。

彼は狼耳と尻尾を出して「そうかそうか」と頷いている。

「ああでも……」

つがいの印として、お揃いのアクセサリーを身につけるのはいいかもしれない。

「仕事柄、俺が先に気づくべきだった。ごめんな、ヴォルフ」

「は？　何がどうした？」

「結婚指輪を作る」

「また仕事か。たまには俺を構え。いや、毎日構え。ベッドの中でも仲睦まじくだ」

「仕事じゃない。俺たちの指輪」

明斗は右手で左手の薬指を指さして言った。

ヴォルフはしばらく黙って明斗の指を見ていたが、突如『狼』の姿になった。着ていた服を床に落とし、何やらいつもと違う調子で吠え出す。

これ以上大きな声で吠えたら近所迷惑になる……と思ったところでぴたりとやめ、明斗に向かって「よし！」と言って激しく頷いた。

「もしかして今のは歓喜の咆哮？」

「そうだ！　俺の本来の姿はこの気高く美しい輝ける狼！　今度はどこを輝かせる？」

「修飾が多いなー……」

「そういう突っ込みはいらん」

ヴォルフが尻尾をぶんと振って、埃を立てる。

「輝きは必要ないんだが……ちょっとお手」

明斗は右手を差し出して、その上にヴォルフの右前足を乗せた。

「俺はお前だからお手をしてやっているのだと、ちゃんと分かっているんだろうな？　俺は普通の狼でも犬でもないんだぞ？」

「分かってる。……前足は大きいけど、この指にリングは無理だな。そうなると、ピアスかイヤリングか首……じゃないペンダント？」

「今、首輪と言おうとしたな？　明斗と同じであれば別に問題ないぞ」

「いや、俺に問題がある。気にする。首輪をつけての外出は無理だ。ということで、ネックレスにしよう」

「耳飾りは？」

「すぐ落としそうだし、ピアス穴を開けるの嫌だからナシ。ペンダントとなると……石付きにするか、それともシンプルな方がいいか……」

創作意欲が湧いてきた。

今日は一旦昼寝をして、午後から発送物の集荷が来るのを待つというスケジュールだったが、気持ちがそわそわして目が冴えた。

「アトリエに行く。後片付けを頼んだ」

ぬるくなったコーヒーの入ったマグカップを持ったまま、明斗は駆けるように食堂を後にした。

石だ。

まずは石を探す。

明斗は伯母が残したアンティークジュエリーの入った棚の前で、白手袋を両手にはめた。

大事なことを頭に浮かべて並べていく。

衝撃にも強いもの（ヒビが入ったり欠けたら自分がショックを受ける）。

水に強いもの（そのままうっかり風呂に入ってしまっても大丈夫な程度）。

なるべく傷がないもの（つがいの記念のものだし）。

「あ、そうだ。互いの誕生石を使うっていうのもありだな」

と呟いたところで、そういうデザインを希望した顧客から「あのときはとてもお世話になりました。別れたので指輪のリメイクをお願いします」というメールをもらったことを思い出した。

「あー……別れることはないだろうけど……なんとなく……今回はやめておこう」

自分たちに諍いの末に別離はない。断言する。

あるとすれば寿命だ。

自分の体がちゃんと『狼』に順応しているかどうかの判断はまだできない。

報告書にも「そうなるらしい」という希望と仮定しか書かれていなかった。

「だとしたら、ずうずうしく、先に永遠を誓ってしまおうか」

明斗は照れ笑いをしながら棚の引き出しをそっと開ける。

久しぶりに光を得たジュエリーが輝き出した。それと同時に石の思いが波のように押し寄せてくる。

中には最後の持ち主の姿を現す者もいた。

「ダイヤがあれば最高……というか、三大貴石がゴロゴロある。いいカットだな、これ」

一番上の引き出しはビロードが敷かれ、ルビー、サファイヤ、エメラルドを使った大ぶりのブローチやイヤリングがぶつからないよう綺麗に固定されている。

端に鑑定書がまとまって入っているところが、石だけでなくデザインを見よと言っている気がする。

「派手だけど……ちょっとうるさい」

石が「リメイクだって?」「最低」としか言っていない。キラキラと輝きながら怒っているのが分かる。

「リメイクしませんから静かにしてくれ」

プライドが高すぎる……。

そう思ってそっと引き出しを元に戻す。

二段目の引き出しにはパール。照りは少々失われているが、それが逆にアンティークとしての美しさを醸し出している。

三段目の引き出しは、よく見知った「天然石」といわれている石。

リメイク大歓迎の思いを伝えられて、明斗はちょっと嬉しくなった。

使われている金具はシルバーだったので、丁寧にクリーニングしようと思った。

石で目についたのがガーネットだ。他にもたくさんのルースやジュエリーがあったが、明斗はカットが施された小さなルースに目を奪われた。

「よくわからないが、なんか好き」

こういう直感は大事にする。

ガーネットのルースを二つ、作業台に移動させ、最後の引き出しを開けた。

そこは輝くジュエリー。

鑑定士ではないので石の真偽とクラリティーは分からないが、これだけ輝けばもうダイヤでいいだろう。まとめられた鑑定書にもダイヤと書かれていた。

「……これ、後でジュエリーと鑑定書をセットにしておいた方がいいな」

現代アート以外は「価値は気にしない」という伯母の性格が、こんなところに出ていてちょっと笑った。

明斗は次に、自分が持っている石を確認する。

こちら側にピンとくる石がなければ、あのガーネットのルースを使ってペンダントを作ろう。

ヴォルフの目の色と同じインペリアルトパーズにするのも考えたが、今は在庫にない。

それにきっと、どんな美しいインペリアルトパーズを用意しても、ヴォルフの目の輝きには負けてしまうと思う。

「やっぱ、あのガーネットかな……」

そう納得したところで、ヴォルフがアトリエに顔を出した。

「俺はお前のために、今からケーキというものを作ってみようと思うんだが」

「え？　やめて！」

「即答か」

「当然だ。即答するだろ。電気式のボタンを押せばいいだけのポットしか使えないのに」

「ボタンを押すだけなら、オーブンも変わらない。それに配信動画を見ながら作れば俺にもできる、はず！」

「でも……」

小麦粉やバターでべたべたに汚れたキッチンシンクを思い浮かべながら、明斗は腕組みをして悩む。

ヴォルフが手作りケーキを食べたがっていたのは確かで、明斗もそのうちチャレンジしようと思っていた。

美味しい料理ができるレベルの明斗でさえ、菓子作りは躊躇する。

分量通り、順番通りに作ればいいとはいうが、料理の才能と菓子の才能は同じではない。

「つまり明斗は、俺が最初から失敗すると思っているのだな？」

「うん」

「また即答か」

「俺だって最初は人に食わせられる物は作れないと思う。何回か練習して、コツを掴んでからじゃないと心配だ」

「それはそれ、性格だろう。俺は、明斗に愛のこもったケーキを食べてもらいたいという情熱で、菓子作りをしたい！　というかするぞ！　生クリームも無塩バターもあった！」

明斗は「いや、ちょっとそれは料理に使ってみようかと……」と思ったが言うのをやめた。

「そっか。まあ誰でも最初から上手いわけじゃないし。小麦粉の生焼けは腹を壊すそうだから、そこだけ気をつけてくれれば」

「大丈夫だ。オーブンのマニュアルも見つけたから、それを読みながら挑戦する。そして俺の強大な愛を受け取れ！」

「楽しみにしてる」

ケーキといってもイチゴの買い置きはなかったがどうするんだろう。スポンジと生クリームだけでもケーキは旨いから別にいいか。

明斗は楽天的なことを考えた。

ペンダントのデザインを考えている途中、何やら良い香りがしてきた。

焼き菓子の匂いだ。

あの調子では成功しているのだろう。

クックがベッドから起きてきて、のしのしと屋敷内のパトロールに向かった。いつでも彼女は自由だ。


シンプルすぎてもつまらないし、デザインしすぎても鬱陶しい。

ガーネットの深い赤を殺さない枠と、周りの装飾を考えているうちに何も浮かばなくなった。

「気負いすぎだ」

こういうときは大体失敗する。

体の力を抜いて、もっと気楽になった方がいい。

「ヴォルフが喜んでくれれば……」

違う。ヴォルフは何を渡しても喜んでくれる。確実に。

「あー……そうだよなあ……愛が深くて重いんだよ……」

でも自分も、彼の愛の重さと深さは嫌じゃない。

言ってしまえば結構好きだ。

「さてと」

気分転換をしてもう一度デザインを練ろう。

明斗はタブレットペンをテーブルに置いて、席を立つ。

あれから食堂はどうなったのだろうか。

ヴォルフが呼びに来るまでは待っていようと思ったが、ケーキはちゃんと完成したのか気になって仕方がない。

そう思うと、足は勝手に食堂に向かっていた。

シンクは綺麗だった。

正確には、ヴォルフが綺麗に掃除をしていた。

飛び散った生クリームも、床に舞った小麦粉も存在しない。

卵の殻や生クリームの空き箱はちゃんと燃えるゴミ箱に入っている。何より、テーブルの上には生クリームでデコレーションされたホールケーキがあった。

「餃子を盛るときに使っていた、一番大きな皿がちょうどよかった」

「うん」

「果物がなかったのでどうしようかと思ったが、マリがチョコとブランデーは合うと言っていたのを思い出して彼女のブランデーを使った。土台にブランデーをかけてから、マーマレードと生クリームを塗った。どうだ？」

動画配信を見ただけでこれだけのものが作れるなら、「危ないから」と使用禁止だったガス台を使ってもいいと言ったら凄い料理も作れそうだ。

でも明斗は、それはなんだか寂しい。

「どうだと言われても……凄いなと」

「そうだろうとも！　他には？」

「いや、その……これなら俺が作らなくても平気かな……とか」

「何を言っているんだ？　俺の可愛いつがいは」

ヴォルフが腰に手を当てて、大きなため息をつく。

「俺は明斗が作る料理が世界一旨いと思っているし、これからもそう思い続けるだろう。お前が作るということが最重要！」

その言動が神々しくて、明斗は彼からちょっと視線を逸らした。

「それなら、別にいいけどさ」

手放しで「凄いなヴォルフ」と喜んであげられない自分は意地が悪い。

心の中でしっかり反省してから、仕切り直す。

「これ、俺が一人で食べていいのか？」

「もちろんだ！　絶対に旨い！　味見はしていないが旨いぞ！　すべては分量通りだ！」

そうは言いつつも、ヴォルフの顔には「味見はしたい」と書いてある。

「ヴォルフが初めて作ってくれたものだから、最初の一口は俺が食べるけど、あとは二人で分けよう」

「明斗……愛《う》いヤツ」

「面と向かって言われると恥ずかしいからやめてくれ。ケーキが昼飯になるけど、昼だからいいか。エネルギーはすぐに消費するだろ」

「エネルギーの消費？　二人でか？　よし！」

ヴォルフは笑顔で両手を広げて「まずはケーキの前にハグだ」と明斗を招く。

明斗は、いやそういう意味で言ったんじゃないけど……と思いつつも、笑いながらヴォルフの腕の中に一旦収まった。


「ケーキだけど、味はサバランに近い。でも旨い。紅茶にも合う」

ブランデーが染み込んだスポンジにマーマレードと生クリームが合う。

子供や下戸は酔ってしまうだろうが、明斗は酒はいけるクチなので十分旨いと感じた。

「明斗が旨いと言ってくれてよかった」

「最初から綺麗にスポンジを焼けるなんて凄いよヴォルフ。次に俺が作るときはプレッシャーだなあ」

明斗は感心しながら、一切れ目を食べ終えてすぐ二切れ目を皿に取る。

ヴォルフは一切れ食べて満足したのか、ケーキを食べ続ける明斗を見ていた。

「プレッシャーを感じつつケーキを作る明斗もきっと可愛い。俺はそんな明斗を見たい」

「んー……違うのを作ろうかな。シュークリームとかクッキーとか……」

最後に「そうだ、ウエディングケーキ」と付け足したら、ヴォルフが「素晴らしい！」と大きな声を出した。

お揃いのペンダントを作るんだから、ウエディングケーキだって作ってしまえ。

「一緒に作ろう。ウエディングケーキ」

「二人の初めての共同作業か！」

それは披露宴会場で司会者が言う「ケーキ入刀」のことだけど。

明斗は笑って「そうだな」と頷く。

「そのうち、ヴォルフの故郷に行ったら、そのときはそのときで大きなパーティーでもしようか？」

「それはいい考えだ。俺はパスポートを持っているが、明斗は？」

ヴォルフの戸籍は伯母が依頼して歌川が処理した。

それをすっかり忘れていた明斗は、『狼』がパスポートを口に銜えているところを想像して笑う。

「持っていない。いや、去年切れた。作り直さないと」

「俺は去年のうちに更新した。十年パスポートだ。明斗もさっさと作れ」

『狼』が十年パスポート。

その単語だけで明斗は笑いが止まらなくなった。そういえば少し体が熱い。アルコールが回って笑い上戸になったみたいだ。

「可愛い顔で笑っているが、何かよからぬことを想像しているな？」

「し、してない。してないから」

だが明斗の頭の中は、赤いパスポートを銜えた『狼』が走り回っていた。

「だったらほら、旨いケーキを作ったお礼として、ここにキス。ほら」

「了解だ」

明斗は、自分で頬を指さすヴォルフの元に行くと、頬にではなく唇にキスをした。

「酔っ払いが」

「うん。でもほら、たまにしか酔わないから」

「……可愛いから許す。キスだけでいいのか？　続きは？」

「酔ったついでになるから、だめ」

「酔いなどすぐさめる」

ヴォルフは少し意地悪い顔で笑って席を立つと、明斗を抱きかかえて今度は自分からキスをした。

唇に残った甘さを拭い取るような優しいキスなのに、なぜか無性に興奮する。

「……徹夜で仕事して、疲れているところにブランデー入りのケーキだろ？　だから、ほら、俺、ちょっと……ヤバいかも。気持ちいいキスをされたし」

「理由がないと何もできないのか？」

「そういうわけじゃないけど……羞恥心が邪魔をする」

「俺はどんな明斗も愛しているが、もっともぐっとくるのは羞恥心を堪えて快感に浸る姿だ。俺の中に新たな世界の扉が開いた気がする」

真顔で言われて明斗は噴き出した。

「そんなことを言ったら俺もだよ！　人外とつがいだぞ？　そういう、ベッドの中のことに関して言うなら、俺の方が新たな扉が開いた。ちゃんと責任を取ってくれ」

「俺の命が尽きるまで責任を取るよ。喜んで」

「はは」

明斗は笑顔でヴォルフに抱きついた。

それを軽々と受け止め、明斗を抱え上げたヴォルフに、彼の寝室に連れていかれる。

彼の部屋に向かう廊下を歩くことさえ前戯の一つだ。

「仕事で夜遅くなるときに、傍に俺がいては気が散るだろう？」とヴォルフに言われて寝室を分けたのだが、それがこんな気持ちになるなんて思わなかった。

わざとならヴォルフはたいした策士だ。

明斗は大好きなつがいの匂いを嗅ぎながら、そう思った。

つがいの営みは、宅配のセールスドライバーが玄関のベルを鳴らすまで続いた。

すっかり腰が砕けて動けない明斗の代わりにヴォルフが処理を行ってくれた。

「問題なく、すべての作品は業者に渡した！」

ヴォルフは右手に伝票の控えを握りしめてふんぞり返る。

「ありがとう。ほんと、まだ酔ってるわ俺」

いつもならここで突っ込みの一つや二つは言うのだが、今はそんな頭も回らない。

「そのまま寝ていていい。夕食は俺に任せろ。動画配信を見て予習する」

「俺も寝ているわけにはいかないんだよ。いい石を見つけたから、それで結婚指輪の代わりのペンダントを作ろうと思っているんだ」

「……もしかして、小さなガーネットか？　細かいカットが施された」

「それ。何か見えてる？」

「あの石は、俺の故郷の豪商がインドで買いつけた物だ。小さいが品質はよく、いつか娘が結婚するときに指輪にして持たせようとした。だが戦争が起こり、豪商は家族もろとも死に、その石はというと巡り巡って宝石商の元にやってきた。管理ケースの中でずっと眠っていたところを、マリが購入したというわけだ」

ヴォルフがベッドサイドに腰を下ろして、昔話を語る。

「伯母さんから聞いたのか？」

「いや、石から聞いた。明斗の後ろに少女の姿がぼんやりと見える。俺にどこか懐かしさを感じたのかもしれん」

「じゃあ俺の直感は正しかったたな。あの石を見つけたとき、これだと思った」

「身につけてくれたら守護になると言っている」

「身につけます！　どうしてこんなときだけ俺に声が聞こえないんだよ」

「俺は『狼』だからな」

これから何か不思議なことがあったら、すべてそれで片付けられそうな気もする。

でもまあ、それでもいい。この世で最大の謎の一つだろう『狼』のつがいになったのだ。

いちいち驚いて立ち止まっていても仕方ない。

「よし。シンプルだけどつけ心地のいいペンダントを作る。だから俺たちのお守りになってくれ。俺がいないときには俺の代わりにヴォルフを守ってくれって、そう伝えて」

「悉く過ごせるよう二人を守ってくれと願う。それでいいな？　俺のつがいは、それは素晴らしい腕前の宝石職人だから、居心地のよさは保証する」

ヴォルフが、明斗に見えない誰かにそう言った。

そして。

明斗の作ったつがいの印であるペンダントは、二人の胸元で美しく輝く。

「これは俺たちがつがいだという証しだ。明斗」

ヴォルフは真顔で言ったが、とにかく嬉しくてたまらないのは、ちぎれそうな勢いで尻尾を振り回す動きで確認できた。

おわり

あとがき

はじめまして&こんにちは。髙月まつりです。

ヴォルフと明斗の「ちょっと不思議ちゃん世界」の話を読んでくださってありがとうございます！

狼が好きなので、今回も狼を主役で出しちゃいました。

うっかり日本にやってきた狼です。

その相手となる明斗も不思議ちゃんなので、これはこれでイイ組み合わせなんじゃないかと思ってます。料理も旨いし、ヴォルフを「そういう生き物」として受け止めてくれる器の広い男です。口は悪いけど(笑)。

イラストを描いてくださった、こうじま奈月先生。本当にありがとうございました！

ヴォルフが格好いいのです……ホント……ありがとうございました。

それでは。最後まで読んでくださってありがとうございました。

次回作でもお会いできれば幸いです。

プリズム文庫をお買い上げいただきまして
ありがとうございました。
この本を読んでのご意見・ご感想を
お待ちしております!

【ファンレターのあて先】
〒153-0051 東京都目黒区上目黒1-18-6 NMビル
(株)オークラ出版 プリズム文庫編集部
『髙月まつり先生』『こうじま奈月先生』係

プリズム文庫

輝く狼はつがいを寵愛する

2023年01月30日 初版発行

著 者 髙月まつり
発行人 長嶋うつぎ
発 行 株式会社オークラ出版
〒153-0051 東京都目黒区上目黒1-18-6 NMビル
営 業 TEL:03-3792-2411 FAX:03-3793-7048
編 集 TEL:03-3793-6756 FAX:03-5722-7626
郵便振替 00170-7-581612(加入者名:オークランド)
印 刷 中央精版印刷株式会社

Printed in JAPAN ISBN978-4-7755-3004-7